KB025633

60대, 오히려 좋아

60대, 오히려 좋아

빛나는 인생은 이제부터다

♥

박희경 지음

SIDEWAYS

1부 몰타에서

2부 한국에서

프롤로그

올 한 해는 나에게 의미 있는 해이다. 평생을 쉼 없이 바쁘고 정신없이 살았다. 한 템포 쉬면서 지나간 시간을 돌아보니 정신이 번쩍 들었다. 나이는 벌써 예순이고, 해놓은 것은 아무것도 없다. 젊다고도 늙었다고도 할 수 없는 나이이다.

사실 젊었을 때 상상했던 60대의 내 모습보다는 그렇게 많이 늙지 않았다. 외모가 아니라 마음은 더더욱 그렇다. 현대의 길어진 수명이 우리를 이렇게 만들었다. 하지만 숫자로 느껴지는 '60'은 결코 가볍지 않다. 40대와 50대들에게 물어보면 안다. 60이 얼마나 무서운 나이인지.

그러나 60대가 되니 비로소 많은 것들이 가능해졌다. 이제까지 가족과 자녀를 위한 삶을 살았다면 이제는 이기적으로 살아도 되지 않을까, 나를 위한 삶을 살아도 되지 않을까 생각한다. 지금 무엇을 한들 누가 60대를 말리겠는가. 집 나와서 혼자 살기, 여행, 운동, 공부, 읽기, 쓰기, 놀기, 노래하기, 춤추기…. 다 가능하다.

지금부터는 원하던 거, 하고 싶었던 거 하며 살고 싶다. 나는 무엇보다 재미를 추구하는 사람이다. 인생이 재미있어야 하지 않을까. 콜라텍에 가서 춤추는 것은 어떨까. 아니, 근사하게 탱고나 발레나 고전무용을 배워도 좋을 것 같다. 지금까지는 그렇게 살지 못했다. 격식 차리고 점잔 빼고 남 의식하고 사느라 몸도 굳고 마음도 굳었다. 이제는 유연해지고 싶다. 나 삐뚤어질 거야. 사춘기 때도 못 해본 말이다.

나는 아직 씩씩하고 진취적이며 일 저지르기를 좋아한다. 못 해본 것이 없어야 죽을 때 여한이 없다. 하고 싶은 것이 너무 많다. 지금은 내 인생의 새로운 시작이다. 환갑에 큰 의미를 부여하는 것은 아니지만 어쨌든 내 인생의 출발점으로 삼고 싶다. 힘들었던 나의 과거를 떨쳐버리고 나다운 삶을 살고 싶다. 다행인 점은 내가 그럴 수 있을 것 같다는 생각이 든다는 것이다. 열심히 살았고 그럴 마음이 충만하기 때문이다.

그 첫 시도로, 나 홀로 어학연수 겸 해외여행을 실행하였다. 그것은 나에게 뜻하지 않은 많은 경험과 기쁨을 안겨주었다. 갈 때 노트북을 가져가서 글을 쓸 수 있으면 좋겠다고 생각했다. 여행이라는 것이 평소에 갖지 못했던 감성을 주는 것인지 한 줄도 쓰기 힘들었던 글이 술술 써졌다.

여행하는 동안 두어 시간 걷고, 두어 시간 앉아서 글을 썼다. 이 책의 1부에는 여행 중에 보고 느낀 것들, 살아오면서 추억으로 남아 있는 것들, 내가 좋아하는 것들, 그리고 내가 사랑하는 사람들과의 이야기를 쓴 글들이 묶여 있다.

처음엔 책을 출판해야겠다는 생각도 없었다. 그냥 잘 써졌고, 뿌듯했다. 하지만 책으로 나올 만한 글이라고 생각하지는 못했다. 도서출판 사이드웨이의 대표님이 내 원고를 추켜세워주며 감사하게도 이렇게 책으로 만들어주셨다. 부끄럽지만 내가 책을 내려는 건 나처럼 평범한 사람들이 예순 즈음에 살아온 날들을 돌아보고, 좀 더 멋지고 자신감 넘치는 삶을 살아가기를 바라기 때문이다.

그리고 나는 올해 손주를 보았다. 할머니가 되었다. 책의 2부에는 한국에 돌아와서 내가 할머니가 된 이야기로부터 시작해, 예순 언저리에 맞닥뜨린 여러 재미있는 에피소드와 생각거리들을 썼다.

할머니가 되는 것은 결국 이 사회에서 한 세대 밀려남을 의미하기도 한다. 때로 우리는 우리의 의지와 상관없이 우리의 위치가 정해진다. 나는 이제 할머니로서의 삶을 다시 시작해야 하는 것이다. 나의 사랑하는 손녀에게 "할머니가 너를 만나기 전에 이렇게 철이 없었단다."라고 말해 주고 싶다. 우리는 할머니가 되어도 마음은 어린아이와 같다.

2022. 12. 1.

박희경

1부 몰타에서

사는 날까지, 더 좋은 것을 기대하며

++++++

나는 마흔여섯에 재생불량성 빈혈이라는 병에 걸렸다. 골수 내의 조혈모세포가 기능하지 못해 백혈구와 혈소판이 심각할 정도로 감소했다. 빈혈이 심하고 혈액을 지혈시키는 혈소판이 일반인보다 현저하게 부족했다. 정상인은 혈소판 수치가 1세제곱밀리미터당 15만 개에서 40만 개다. 그 당시 나는 5-6천 개 정도였다. 죽음의 수치다.

온몸에 멍이 들었으며, 하혈이 멈추지 않았다. 얼굴은 백지장처럼 창백하고 두통과 호흡곤란으로 숨을 쉬기 힘들었다. 골수이식을 해야 살 수 있다고 했는데 나의 형제도, 자녀들도 나와 골수가 맞지 않아 골수이식을 하지 못하였다.

차선책으로 면역억제 치료를 위하여 거의 두 달간 무균실에 입원했다. 식물을 배양하듯 약물로 조절하여 사람을 거의 다시 만들었다. 면회도 안 되는 무균실에서 아무도 만나지 못하고, 시간 맞춰 주사로 약물을 투여했다.

그때 죽을 수 있다고 생각했다. 마음을 다 내려놓고 죽으면 죽으리라 생각했다. 어차피 인생이란 태어나서 죽는 날까지가 생(生)의 완성인 것이다. 그 생이 짧을 수도 있고 길 수도 있다. 나는 죽음에 대하여 태연해졌다.

나의 엄마는 마흔여덟에 돌아가셨다. 내가 사는 게 어렵고 힘들 때에는 '엄마는 일찍 돌아가셔서 좋겠다, 이런 꼴 안 봐서.' 생각했다. 그리고 삶이 풍요롭고 좋을 때는 '우리 엄마는 이 좋은 세상을 보지 못하고 고생만 하고 가셔서 어쩌나.' 하며 엄마를 그리워한다.

지금은 의술이 발달하여 웬만하면 죽지 않는다. 나도 의술의 힘을 빌려서 건강을 찾았다. 누구든 오래 살고 싶어 하지만, 건강하게 오래 살아야 한다. 고령화가 사회문제로 대두되었기 때문이다. 자식들 힘들게 하지 않고 사회에 부담도 주지 않으려면 내 몸 하나는 내가 건사해야 한다. 누구나 바라는 것이지만 내 맘대로 되는 일은 아니다.

부모님이 일찍 돌아가셔서 어르신들을 모실 일이 없다. 기회가 되면 요양원이나 혼자 사시는 어르신들을 방문하여 보살펴 드리는 봉사를 하고 싶다. 아직은 많은 시간을 할애할 수 없어서 일주일에 한 번 주일에 요양원을 방문한다. 어르신들의 말동무가 되어 드리고, 같이 예배를 드린다. 예배 도우미 겸 참석하여 어르신들과 찬송도 부르고 기도도 한다. 나는 엄마, 아버지, 시어머니, 시아버지 아무도 계시지 않아 노인을 모시는 어려움을 잘 모른다. 살아 계신다면 아흔이 넘으시니, 여기 계신 분들과 같으실 것이다.

그분들의 창백한 얼굴에는 주름이 가득하다. 머리는 하얗고, 손은 마디가 굵다. 표정은 무표정이기도 하고 천진난만한 아기와 같기도 하다. "어르신 예뻐요." 하면 활짝 웃으며 좋아하신다. 설교 때에는 목사님의 말씀을 알아듣는지 못 알아듣는지 알 수 없다.

목사님이 물으셨다. "어르신들 소망이 무엇인가요?" "자식이 잘사는 것이지." 어느 할머니가 말씀하셨다. "남북통일." 다른 할아버지가 말씀하셨다. 치매로 정신이 오락가락하시는 가운데에도 그들은 자녀와 나라를 걱정하시는 어르신이다. 예배를 마치고 돌아가던 할머니가 "복채를 못 드려서 어쩌나." 그러신다. "킄." 나는 웃음이 나왔다. 복채건 헌금이건 아무렴 어떠랴. 그분의 마음에 뭐라도 드리고 싶은 마음이 있었다는 것이 중요하지.

나는 한 분 한 분 바라보며 주름 많은 얼굴 위에 젊었을 때의 예뻤을 얼굴을 그려 본다. 굵은 손마디를 보며 평생 얼마나 많은 일과 중요한 역할을 해냈을까 생각해 본다. 그들도 한 때는 찬란한 청춘이었고, 가정을 이끈 가장이었을 것이다. 산업 현장의 일꾼이었으며, 이 나라를 이만큼 일으킨 역사의 주역들이었다. 지금은 기억이 흐릿하여 자신이 누구인지 인지하지 못할 때도 있지만.

자식들은 부모님을 요양원에 보내드리고, 가시방석이다. 불효를 저지르는 것은 아닌지, 끝까지 본인이 모셔야 하는데 그러지 못한 것은 아닌지 죄책감을 갖는다. 하루가 멀다 하고 부모님이 좋아하는 음식을 해오고 수시로 전화 통화를 하며 마음을 쓴다. 아직까지는 우리의 미풍양속인 효(孝) 사상이 남아 있어서이다.

예전에는 공기 좋은 산속이나 시골에 요양원이 생겼다. 아무리 공기가 좋다 하여도 그런 곳엔 자녀들이 자주 찾아뵙기는 어렵다. 그러나 요즈음에는 도시의 빌딩 숲에서도 쉽게 요양원을 볼 수 있다. 요양원에 가 계시더라도 자녀들과 가까운 곳에 계시는 것이 심리적으로도 좋고, 자주 찾아뵙기에 편리하기 때문이다. 요양원에 대한 부정적인 선입견을 가지고 계신 분들은 아직도 절대로 요양원에는 가지 않으신다고 한다. 그러나 많은 요양원들이 좋은 시설과 질 좋은 전문가의 서비스로 어르신들을 모신다. 정부가 80% 이상의 비용을 부담하여 준다.

우리의 인생 종착역은 어차피 요양원이 될 것이다. 어느 자식에게 나를 책임져 달라 하겠는가. 나는 절대로 안 갈 거야, 우기지 말아야 한다. 최대한 건강을 유지하고 한계에 도달하면 자연스럽게 받아들이자. 우리나라 노인 복지, 많이 좋아졌다. 요양원뿐만 아니라 집으로 방문하여 보살펴 드리는 방문요양 서비스도 있고, 유치원처럼 낮에만 가서 놀며 시간을 보내다 오는 주간보호센터도 있다. 기초연금과 노령연금 등으로 어르신들께 용돈도 드린다. 예전엔 생각도 못 해본 일이다.

얼마 전, 충격적인 영화를 보았다. 부산 국제영화제에 출전한 일본 영화 〈플랜 75〉다. 일본에서 초고령 사회로 노인 인구가 많아지자, 정부가 '플랜 75'라는 정책으로 75세 이상의 노인에게 안락사를 권장하는 정책을 시행한다는 내용이다.

"75세인가요? 죽는 게 어때요?" TV에서 '플랜 75'를 광고한다. 신청한 사람에게는 얼마간의 위로금을 주어 여행을 하거나 맛있는 음식을 먹을 수 있다. 국민은 자기 결정권에 의해 죽을 수 있다면서 죽음을 부추기는 것이다. 이 영화는 너무나 극단적인 내용으로 우리의 가슴을 서늘하게 한다.

주인공은 과거에 결혼했지만 현재는 이혼하고 혼자 살아가는 독거노인이다. 그는 도시적인 깔끔한 이미지로, 지금 우리 세대가 나이 들면 저렇게 되지 않을까 생각이 들었다. 호텔

메이드로 일하다가 나이가 너무 많다는 이유로 직장을 잃게 된 주인공은 '플랜 75'를 진지하게 고려한다.

주위에 아무도 없이 혼자 사는 일이 때로는 무의미하게 여겨질 수는 있다. 하지만 영화의 주인공이든 실제든 75세의 나이는 너무나 이른 나이이다. 내가 만난 75세의 노인들, 본인들은 아직 청춘이라 생각한다. '플랜 100'이라면 또 모를까.

생각하기에 따라서는 사회가 권하는 안락사도 좋은 방법인 것 같다. 살아갈 일들이 너무 버겁고, 다른 사람에게 피해를 주고 싶지 않다. 사회의 부담이 되고 싶지 않다. 우리는 자신이 생산적인 일을 하지 못하면, 아니, 돈벌이를 하지 못하면 쓸모없는 사람이라고 생각한다. 가능한 한 길게 일하고 싶어 한다. 우리 생은 길어지고 있고, 아무리 늦추더라도 은퇴 후에는 20~30년의 시간을 살아야 한다.

올해로 103세이신 김형석 교수님은 말씀하셨다. 성장하는 동안에는 늙지 않는다고. 나는 그 말에 완전 동감한다. 그분은 열정적으로 학문을 익히고, 꾸준하게 수영과 걷기를 하신다. 당신은 90이 넘어서야 비로소 내 몸이 이제 좀 늙나 보다 생각되셨단다.

그분은 건강이 타고나신 분이라 누구나 그분과 같을 수는 없다. 하지만 우리가 나이가 들어서도 재미있게 열정적으로 할 수 있는 일이 있어서 스스로를 성장시켜 간다면, 60대 이후의 삶은 일생에서 가장 여유롭고 의미 있는 20~30년이 되지 않을까 생각한다.

나는 겨우 마흔여섯에 죽을 고비를 넘겼다. 죽고 사는 문제는 내 마음대로 되는 것이 아니다. 그때는 너무 일찍 죽는 것이 억울했다. 시간이 흐르고 건강이 회복되니 이제 또 너무 오래 살까 걱정이다. 인생 한 치 앞도 알 수 없다. 나는 40대보다 50대가 좋았고, 50대보다 60대가 더 좋다. 사는 날까지 우리는 더 좋을 것을 기대하며 사는 것이다.

꿈의 실현,
해외 어학연수

★★★★★★

다시 봄이다. 온 세상이 벚꽃의 핑크빛으로 사람의 마음을 흔든다. 2022년, 나는 무슨 일이든 저지르고 싶어졌다. 일생일대에 필연적인 역사가 이루어질 것을 예감했다. 인생의 극적인 반전이 나를 기다린다.

60년 동안 잠시도 쉬지 못하고 열심히 달려왔다. 이제 나를 위한 시간을 가져야 한다. 먹고사는 일을 벗어던지고 이기적이고 싶다. 남들처럼 안식년을 갖지는 못해도, 어찌어찌 한 달 정도는 가능하지 않을까.

나는 결단력이 좋으므로 즉시 실행한다. 마음먹은 지 2주 만에 오늘 이곳 몰타(Malta)에 와 있다. 인천에서 출발한 지 16시간 30분 만이다. 몰타 공항은 작았고, 입국 절차도 간단했다. 입국 심사에서 영어 공부를 하러 왔다며 학교 입학 등록

서류를 보여주니 바로 통과되었다.

그런데 신기하게도 내가 탔던 비행기에서 내린 승객 대부분이 어학연수를 온 사람들이었다. 다양한 국적과 다양한 연령의 사람들이 영어를 배우기 위하여 이곳에 온 것이다. 내가 몰타를 오게 된 것도 그 때문이다.

이탈리아 남쪽의 조그만 섬에 크고 작은 어학원이 40~50개나 있다. 내가 다니게 될 EC 어학원은 일천 명 정도의 학생을 수용하는 대형 학원이다. 그런데도 나는 간신히 등록하였다. 자리가 없어서 기다렸다가 간신히 오게 된 것이다.

사실은 어학연수가 목적은 아니었다. 일탈을 하고 싶었다. 여기서는 일도 하지 않아도 되고, 원하지 않는 전화도, 만남도 하지 않아도 된다. 대선이다 뭐다 시끄러운 국내 정세에서 벗어나 낯선 곳에서 온전히 혼자만의 시간을 갖는 것이다.

인터넷을 통해 어학원을 알아보다가 직접 알아보기는 약간 쑥스러워졌다. 나는 우리 딸 예진이에게 부탁해서 서울 이태원에 있는 '돌체 유럽'이라는 곳을 소개받았다. 본인이 직접 인터뷰를 해야 한다고 하여 약속을 정했다. 이태원에 가는 날, 아들 병국이가 같이 가겠다고 했다. 첫째 병국이와 둘째 예진이가 엄마 일에 나서서 관심을 가져주는 것이 고마워서 같이 가기로 했다.

토요일이었는데 가는 도중에 예진이한테 전화가 왔다. 친구 결혼식이 있어 신랑하고 나왔다가 이태원으로 와서 우리와 합류하겠다는 것이었다. 아이들은 엄마가 갑자기 어디를 가겠다니 걱정이 되었나 보다. 근데 나는 약간 쪽팔린다는 생각이 들었다. 초딩도 아니고 보호자를 줄줄이 대동하고 가는 것이 싫었다. 예진이 부부는 밖에서 들어오지 못하게 하고 병국이와 같이 인터뷰를 하였다. 조그만 사무실에 있던 원장이 나를 보자마자, "어머, 연세 드신 분이라고 들었는데 너무 젊으시다! 거기 가시면 40대라고 말씀하셔도 되겠어요." 하며 호들갑을 떨었다.

벌써 좋았다.

원장이 친절하게 필요한 것을 꼼꼼히 일러주었다. 그날 확정적으로 모든 일정을 확정해야 했다. 너무 즉흥적인 감이 없지 않았다. 나는 사실 고민스러운 것이 한둘이 아니었는데, 하던 일을 한 달 동안 멈춰야 한다는 것이 제일 문제였다. 매일매일 바쁘고 처리해야 할 일들이 있으므로 한 달을 비운다는 것은 어려운 일이다. 이렇게 하면 저게 걸리고, 저렇게 하면 이게 걸리고. 뺄 수 있는 날이 없다.

4월 셋째 주에 학교 중간고사가 있다. 이번 학기에 등록한 대학원이다. 대학원은 괜히 등록했나 보다. 미루고 미루다 겨우 용기를 내어 교육학과 석사과정을 이제 시작하였으나 마음은 콩밭에 가 있었다. 4주 동안 해외에 나가 있어 결석하면 학점에 문제가 생긴다. 하지만 나는 학교는 제적을 당해도 이번 여행은 실행에 옮기고 싶었다. 간신히 중간고사 치르고 가는 것으로 교수님께 허락을 받았다.

5월 말에는 종합소득세 신고를 해야 하고, 6월 말에는 이사가 예정되어 있다. 7월 말은 우리 딸 예진이 출산 예정일이다. 결혼한 지 3년 만에 가진 아기이다. 첫 손주이니 출산일에 엄마인 내가 당연히 있어야 한다. 한 달의 시간을 낼 수 있는 건 지금뿐이다. 4월이다. 지금 떠나야 한다. 일단 저지르고 본다.

나는 4월 23일 토요일에 떠나기로 마음먹었다. 항공권, 학교 등록, 숙소 예약까지 돈만 지불하면 일사천리다. 그날 나는 조금 흥분했다. 정말 떠나는구나. 이게 가능하구나. 예진이 부부와 병국이, 나 이렇게 오랜만에 온 가족이 이태원에서 뭉쳤다. 엄마 어학연수 떠나는 축하 파티랄까. 나는 즐거웠고, 나의 아들딸은 엄마를 지지해 주었다. 사실 나의 결정을 이해하지 못한 사람이 있었는데, 바로 우리 사위이다. 장모님이 어학연수를 한 달이나 유럽으로 가신다구? 혼자서? 의아해하며, 고개를 갸웃거린다. 미안해, 너의 장모가 유별나단다.

지금 나는 지중해가 보이는 카페, 몰타에서 글을 쓴다. 글쓰기를 작정하고 시작한 것은 아니다. 그냥 뭔가 쓸 수 있지 않을까 생각했다. 테이블마다 차지하고 앉은 낯선 사람들은 모를 것이다. 내가 어디에서 왔고, 무얼 두고 왔고, 무엇을 쓰고 있는지. 노트북을 붙들고 앉아 있는 건 나뿐이다. 내가 있는 곳에서는 어딜 가든 바다가 보인다. 여기는 제주도의 6분의 1만 한 섬이다. 내가 젊다면, 돈이 있다면, 시간적 여유가 있다면, 가정하고 꿈꿔 온 해외 어학연수가 현실이 되었다.

세계 각국에서 영어를 배우겠다고 모여든 젊은 친구들과 함께하는 수업은 흥미로웠다. 나라마다 다른 영어가 존재하는 것만 같았다. 그동안 공부한 영어가 좀 됐다고 생각했는데, 전혀 아니었다. 난 간간이 알아듣고 띄엄띄엄 한마디씩 했다. 그러나 이곳에 앉아 있는 것만으로 감개무량했다. 수업 2주째에는 조금씩 게임도 하고, 발표도 하면서 나라는 존재감을 드러내며 재미있어졌다. 남자 클래스메이트들이 초콜릿을 들고 내 자리로 모여들었다. 그이들에게 K-팝과 한류를 자랑하며 우쭐해지기도 했다.

그러나 마음 편히 한 달을 노는 것은 무리였나 보다. 결국 몰타 생활이 2주 차에 접어들었을 때 한국에 일이 생겨서 일정을 줄이고 돌아와야 한다는 걸 알았다. 영어 수업에 대한 아쉬움도 있었지만, 이 정도로 만족해야 했다. 대신 3주 차 일주일은 여행에 비중을 두기로 하고, 헝가리와 이탈리의 아름다운 도시들을 관광하였다. 파노라마처럼 펼쳐진 고대 유적지와 거대한 건축물을 혼자 천천히 걸으며 감상했다. 다양한 사람들을 만나고 경험하였다. 소중하고 좋았다. 가장 좋았던 것은 혼자였기 때문인 것 같았다.

이래서 여행을 하는 것인가. 나는 여행 내내 기쁨이 충만하였다. 다른 곳에서 다른 사람으로 다시 태어난 느낌이랄까. 형용할 수 없었다. 영어 공부나 여행보다도 그 충만한 기쁨을 잊을 수 없을 것이다. 비록 한 달을 다 채우지 못하고 3주 만에 끝나 버린 여행이지만 그 3주는 내 인생의 또 다른 역사를 만들어 주었다. 내가 쓴 글로 이렇게 출판까지 하게 되다니 믿어지지 않는다.

여행은 우리에게 '나와 다른 나, 새로운 나'를 만날 수 있게 해준다. 거기서는 글이 그렇게 잘 써질 수가 없었다. 내 감정에 솔직할 수 있었고 살아온 날을 돌아볼 수 있었다. 그리고 환갑의 나이는 새롭게 시작하기에 더없이 좋은 나이이다. 내 인생, 이제 시작이다.

섬씽 한번 기대하며

######

"어디 왔다 가는 거예요?"

인천에서 몰타로 향하는 비행기였다. 나는 가운데 좌석에 앉아서 창가의 외국인 여성에게 말을 걸었다. 한국에서 출발했으니, 그냥 한국말로 물었다.

"네, 오빠네 부모님 만나고 가는 길이에요."

그녀는 유창한 한국말로 대답한다.

"어머, 한국말 잘하네요."

"네, 좀 합니다. 5년 전에 독학으로 한국말 배웠어요."

그녀는 스물일곱 살의 터키 여성이었다. 한국 드라마를 보다가 드라마의 재미에 빠지고, 한국말이 좋아져서 독학으로 한국말을 배웠다고 한다. 말을 배웠으니 당연히 한국에 대해 호기심이 많아졌고, 한국에 왔다가 운명처럼 한국 남자를 만났단다. 2년을 사귀다가 이제 결혼하려고 한단다. 이번 한국 여행은 예비 시부모님께 인사드리러 온 것이다. 묻지도 않았는데 남자친구 사진을 보여주며 자랑한다.

남자친구의 나이는 서른두 살이라고 하는데 잘생기고 믿음직스러워 보였다. 남자친구를 오빠라고 부르는 것도 자연스러웠다. 상기된 얼굴로 오빠와 오빠 가족들의 이야기를 한다. 예비 시부모님께서 너무 잘해주셔서 좋았단다. 행복해 보인다. 벌써 두 사람은 구체적으로 미래를 설계했는지 오빠가 쉰 살까지는 한국에서 직장을 다니며 살고, 그 이후에는 터키에 가서 살 거란다. 두 나라를 오가며 애틋한 사랑을 하고 미래를 꿈꾸는 그녀가 사랑스러웠다.

몰타에 도착하기 전, 경유를 위해 터키 이스탄불로 가는 비행기였다. 그렇게 옆 좌석에 앉은 젊은 터키 여성과 자연스럽게 친구가 되어 비행 내내 기내식 밥도 같이 먹고, 많은 이야기를 나누었다. 외국인과 한국말로 이렇게 대화가 잘될 줄 몰랐다. 즐거운 시간이었다. 내 아들을 사랑하는 기특한 며느리나 되는 것처럼 그녀에게 애정이 갔다.

비행기가 이스탄불에 도착하여 헤어지면서 우리는 아쉬움의 작별 인사를 나누며 잘 살라고, 기회가 되면 한국에서 한번 보자고 기약 없는 약속을 하였다. 우리는 오랜 친구처럼 작별을 고했다. 여행의 즐거움은 역시 새로운 사람을 만나는 것이다.

어디서든 재미있는 것은 사람 구경이다. 그것도 머나먼 이국의 낯선 곳에서의 사람 구경은 재미있다. 세상에는 참 다양한 사람이 있다. 우선 외모에서부터 그렇다. 나는 내 체격이 스탠다드하고 이만하면 예쁘지 않은가 생각하지만, 내 생각에 스탠다드지 서양인의 시선에는 누리끼리 조그만 동양인이다.

몰타에는 키가 큰 사람, 또는 작은 사람, 엄청나게 큰 엉덩이를 가진 사람, 말라깽이 젓가락 같은 사람, 노랑머리, 빨강머리, 검정머리, 곱슬머리에 풍성한 숱의 머리, 촘촘히 땋거나 둥글게 빗어 올린 머리…. 별별 사람들이 많았다. 특히 남자들의 민머리가 많았다. 유심히 보니 탈모가 시작되면 머리를 빡빡 미는 것 같았다. 유럽 남자의 75%가 대머리 유전자를 갖고 있다고 알고 있다. 민머리도 자주 보니 그렇게 거슬리지 않았다.

동양인의 밋밋한 얼굴만 보다가 서양의 입체적인 얼굴을 살펴보는 것도 즐겁다. 외모로 차별하자는 것이 아니라 그 다양성이 경이롭다는 것이다. 다른 사람들 눈에 나는 또 어떻게 보일까. 그들이 나를 어떻게 생각하는지도 궁금하다. 아무 관심이 없을 수도 있다. 그래도 관심 가져줬으면 좋겠다. 내 얼굴에서 동양인의 아름다움을 찾아주었으면 좋겠다.

나는 옆 테이블에 혼자 앉아 있는 남자를 관찰하게 되었다. 그는 인도인 같았다. 비즈니스로 왔는지 커다란 슈트케이스를 옆에 두고 계속 전화를 해댄다. 일이 잘되지 않는지 목소리가 점점 커진다. 약간 검은 피부에 눈, 코, 입이 선명하다. 눈썹은 진하고 검은 눈동자와 가지런히 말아 올라간 속눈썹은 인형의 눈처럼 예쁘다. 남자인데도 마스카라가 필요 없는 속눈썹이다. 전화를 끊고 심각한 표정을 지으며 앉아 있는 그의 모습을 보며 심히 인간답다고 생각했다.

무심코 창밖으로 눈이 갔다. 길에 남녀가 나란히 서 있다. 여자가 스마트폰을 보고 있는 남자의 얼굴에 자기의 두 손을 갖다 대고 자기 쪽으로 얼굴을 돌리더니 갑자기 키스를 한다. 남자도 서둘러 적극적으로 키스를 한다. 그리고 언제 그랬느냐는 듯이 다시 스마트폰을 본다. 무슨 시추에이션이지. 덩달아 내 눈도 바빠졌다.

내 관심사는 다시 옆 테이블로 옮겨졌다. 어느 나라 사람인지 구별하지 못하겠다. 현지인 같기도 하고, 여행객 같기도 하다. 내 눈엔 모두 서양 사람이다. 전형적인 유럽계로, 머리가 은갈색이고, 피부가 하얗고, 눈이 깊고, 코가 뾰족하며, 턱선이 약간 앞으로 나와서 입체적인 얼굴이 아주 아름다운 젊은이들이다.

남자가 먼저 와서 여자를 기다리고 있는지 계속 머리와 옷매무시를 가다듬고 있다. 역시 한 10분쯤 지나자 어여쁜 여자가 나타났다. 둘은 연인인가 보다. 만나자마자 허그를 하고 나란히 앉았다. 프랑스 말인지 스페인 말인지 모를 언어로 부드럽게 속삭인다. 쪽- 쪽- 소리가 들린다. 서로 입을 맞추나 보다. 눈을 그쪽으로 돌릴 수는 없지만, 귀는 그쪽을 향하고 있다. 음, 영화 속 한 장면이군. 현지인은 아닌 것 같고, 둘이 같이 여행을 왔을까? 나처럼 어학연수를 왔을까? 어학연수 와서 만났을까?

연인끼리 왔을 수도 있고, 여기 와서 만났을 수도 있다. 오늘이 첫 데이트일 수도 있고, 오래된 연인일 수도 있다. 젊은이들의 사랑의 속삭임이 아주 좋아 보이다 못해 부럽기까지 하다. 나를 전혀 신경 쓰지 않는 눈치이다. 그래서 더 대담하게 대놓고 보았다.

나도 저럴 때가 있었는데…. 그 시절 나도 열렬한 사랑을 하긴 했었는데. 이렇게 말하면 재미없지. 나도 그때는 그 사람밖에 눈에 뵈는 것이 없었지. 사랑했던 날들, 나의 젊은 시절. 나의 청춘. 나는 여한이 없다. 여한 없이 사랑했으니까.

무모한 사랑이라고 해도 어쩔 수 없다. 그때가 있어서 그 결과로 지금의 내가 있는 것이리라. 그 사랑의 결과로 우리 아들딸이 있고 지금의 내가 있다. 후회하지 않는다. 다시 돌아가더라도 나는 사랑을 선택할 것이다. 젊어서 그런 사랑을 해보지 않았다면 인생의 참맛을 알 수 없을 것이다. 옆 테이블의 사랑하는 젊은 남녀를 보며 내 생각이 너무 멀리까지 간 것 같다. 재밌다. 사랑하는 사람들을 보는 것도.

이날은 오후 세 시 수업인데 숙소에서는 아침 일찍 나왔다. 학교 가는 길은 해변으로 이어져 있다. 경쾌하게 해변을 걷는다. 해변에 있는 'eeet well'이라는 레스토랑에 들어가 자리를 잡았다. 바다가 보이는 멋진 곳이었다. 스트로베리 주스와 오트밀 바 하나를 시킨 뒤 바다가 보이고 햇빛이 잘 들어 따뜻한 자리를 잡아 앉았다. 바닷가 카페에서 동양의 아줌마가 선글라스를 쓰고, 노트북을 열어 글을 쓰는 장면은 그럴싸하지 않은가! 분위기 아주 죽인다.

건너편 테이블에 멋진 남자가 혼자 앉아 사색에 잠겨 있다. 그도 나를 힐끔힐끔 쳐다보겠지. 혼자 살면 좋은 점이 많다. 그중에 하나는 언제든 새로운 이성을 만날 수 있다는 것이다. 항상 가능성이 열려 있지 않은가. 낯선 곳에서 처음 사람들을 만나면 기대감에 들뜬다. 어, 저 사람 괜찮은데. 저 사람 멋있다. 저 사람 나한테 관심 있는 거 아니야? 좀 더 그럴싸한 자세를 취해 본다. 매력적으로 보이고 싶다. 착각은 자유다. 사실 아무도 나를 신경 쓰지 않는다. 하지만 나는 그런 나를 즐긴다. 상상만으로도 즐거운 일이다.

잠시 후 이곳 'eeet well'은 사람들로 붐볐다. 식사 시간도 아닌데 관광객 한 무리가 들어왔다. 모두 여행을 즐기는 사람으로 가벼운 음료와 스낵을 주문하고 바다를 향해 감탄사를 연발한다. 바다는 잔잔히 햇빛을 반사하며 반짝인다.

거리에서 남녀가 포옹하는 모습을 자주 보게 된다. 사랑을 속삭이는 연인들이 여기저기 눈에 띈다. 뭐, 그저 자연스럽다. 나는 그런 것에는 거부감이 없다. 아직 인간들에게 이성(異性)에 대한 사랑이 있다는 게 좀 신기하지만 말이다. 저들은 장소에 구애받지 않고 껴안고 입 맞출 사랑의 감정이 있나 보다. 은근히 부럽다. 여행 오기 전에 친구와 우스갯소리로, "노랑머리 남자 하나 건져 올게." 했는데…. 섬씽 한번 기대해 볼까나? 글이 흥미로워지려면 많은 에피스드가 있어야 하는데….

이탈리아의 중년 남성은 아주 멋있다, 젊은 남자보다 나이 좀 지긋한 남자의 부드러운 미소와 목소리는 더욱 매력적이다. 길을 걷는데, "익스큐즈 미." 그런다. 헉! 내가 상상하던 유럽의 핸섬한 중년 남자가 부드러운 목소리로…. 바로 내 눈앞에서….

"아, 네…."

그렇게 스쳐 지나갔다.

그게 끝.

도대체 뭘 기대한 걸까. 나이 먹어도 로맨스를 기대하는 내가 귀엽지 않은가?

그러나 아쉽게도 나에게 관심을 가지는 사람은 아직 없다. 나이 먹어서 좋은 게 이런 것인가? 나는 커플들의 애정 행각 모습을 아주 대놓고 즐길 수 있으니 말이다.

'좋은 때다.'

연애? 해봤지!

¶¶¶¶¶¶

내 인생의 테마는 언제나 연인과의 사랑이다. 나이를 먹어도 우리는 사랑을 기대한다. 더욱이 사랑 표현에 개방적인 유럽에서 많은 연인들을 보며 연애 감정이 어떤 것인지 생각해 본다.

벌써 6~7년 전의 일인 것 같다. 내가 쉰네 살, 그가 쉰여섯 살. 내가 친구들을 만나면 입버릇처럼 "남자친구 좀 소개해줘봐." 그랬다. 말리는 사람도 없는데 나는 혼자되고 나서 한 번도 연애를 해보지 못했다.

"안녕하세요? 박희경 씨인가요? 저 김해윤 씨가 소개해주어서 전화했습니다."

쩌렁쩌렁한 남자 목소리이다. 나는 한참 손님과 상담 중이어서 "아, 네. 그러세요. 제가 잠시 후 전화드리겠습니다." 하고 일단 끊었다. 나는 말로는 남자친구 구해달라고 늘 떠벌리고 다녔지만, 실제로 전화가 오니 당황스러웠다.

그날 저녁 우리는 그의 사무실 근처에서 처음 만나 식사를 하였다. 키 작고, 얼굴 시커먼 남자가 나름 예의를 갖춰 고급 일식집에 먼저 나와 있었다. 나이는 예순도 넘어 보였다. '해윤이 얘는 나를 어떻게 생각하고 이런 사람을 소개해 준 거야?' 속으로 중얼거렸다. 나는 예의를 갖추고 내숭을 떨며, 이야기를 멈추지 않고 식사를 하였다.

그는 투박한 목소리로 "잡숴 보세요", "잡숴 보세요" 하며 음식을 내 앞에 계속 갖다 주었다. 나는 그의 '잡숴 보세요' 소리가 나쁘지 않았다. "아, 네", "아, 네"를 반복하며 넙죽넙죽 받아먹었다. 소주도 한두 잔 마신 것 같다.

우리가 그때 무슨 이야기를 나눴는지 기억나지 않는다. 후에 그가 그날을 상기하여 말하기를 내가 손님 대하듯이 너무 깍듯하게 그를 대했다고 한다. 지금 생각하면 그날 참 웃겼다. 그곳은 우리 집에서 그리 멀지 않은 곳이다. 버스를 타고 30분이면 갈 수 있는 거리다. 식사가 끝난 시간이 그렇게 늦은 것도 아니었는데 나는 운전을 할 수 없어서 어떻게 갈지 모르겠다며, 택시를 부를까 대리를 부를까 유난을 떨었다.

그는 노가다판에서 뼈가 굵은 사람이었다. 자수성가하여

돈 좀 벌었는지 어깨에 힘이 많이 들어가 있었다. 투박하고 꾸밈없는 사람이었다. 나는 처음에는 그렇게 호감이 가지는 않았지만 몇 번 만나보니 대화가 되었다. 좋은 감정이 생겼다.

우리는 자주 만났다. 그는 일하는 틈틈이 시간이 나면 나를 나오라 해서 식사도 같이 하고 커피도 마시고 했다. 데이트로 드라이브도 하고, 탁구도 치고, 노래방도 다녔다. 그와 나는 노는 데는 젬병이었다. 그는 먹고사느라고 바빴는지 여행을 간다든지 영화를 보는 것에 대해서 큰 기쁨과 의미를 느끼지 못하는 것 같았다. 그런 면에서는 나와 많이 달랐다.

나는 남자친구가 생기면 하고 싶은 것이 아주 많았다. 그냥 걷거나, 영화나 공연을 보거나, 서로 맞는다면 같이 춤도 배우며 취미 생활을 하고 싶었다. 나의 희망 사항은 현실하고는 거리가 멀었다. 그는 워커홀릭이었다. 하지만 그것 또한 좋게 생각되었다.

그는 한번 마음먹은 것은 실행하는 스타일인지 아침 8시쯤 한결같이 나에게 전화를 했다. 매일 아침 일하기 전 커피를 마시면서 그와 통화를 했다. 나는 그런 것들이 좋았다. 나이를 먹어도 연애하는 감정은 정말 젊은 날과 똑같다. 가슴 설레고, 기다려지고. 소소한 대화를 나누고 낯 간지러운 이야기도 하며 데이트를 즐겼다. 사실 그때 내 이성에 대한 감정이 예전 그대로인 것을 알았다. 가슴이 뛰고, 그와 더 많은 시간을 같이 있기 원했다.

이런 것들이 예전이나 그때나 똑같아서 나는 나에게 실망스러웠다. 나는 남자에게 질질 끌려갔다. 그는 남자답고, 무엇보다도 성실하여 자기 일에 열심이고, 일에 우선순위를 두는 사람이었다. 일 외에는 그다지 흥미를 갖는 것이 없어 보였다. 일하고 돈 버는 게 얼마나 재미있는 일인지 이야기할 때 가장 신나 보였다.

그 시절, 나는 지금과는 달랐다. 남자에게 의지하고 싶었던 마음이 컸던 것 같다. 좋은 남자를 만난다면 가정을 꾸리고, 집에서 살림하는 꿈을 꾸었나 보다. 노후를 혼자 보내고 싶지 않다는 생각이었다. 나는 결혼하고 싶다고 했고, 일은 그만하고 싶다고 어리광을 부렸다. 그는 결혼에 대해서는 부정적이었다. 어디서 들었는지 말끝마다 유럽에서는 결혼은 안 하고 동거를 한다는 얘기를 매번 했다. 나는 유럽 어디를 갔다 와서 그런 소리를 하냐며 볼멘소리를 했다.

그는 결혼하면 다 똑같아진다고 했다. 똑같이 지겨워지고 재미없고 힘들어진다는 얘기다. 그도 결혼에 실패하여 이제 겨우 혼자 사는 홀가분함을 만끽하는 중인지도 모른다. 나는 눈치 없이 농담 반 진담 반 계속 결혼하고 싶다고 읊어댔다. 사실 나도 그렇게 결혼이 하고 싶은 것은 아니었으나, 그냥 그랬다. 의지하고 싶은 마음이 있었나 보다.

그렇게 우리는 삼 년의 시간을 보냈다. 여자가 혼자 살다 보면 의식적으로 나 남자 있어요, 나 애인 있어요, 그러고 싶어지는 것 같다. 나도 그랬던 것 같다. 그는 때때로 선물 공세를 하였고, 내 생일마다 집으로 꽃 배달을 시켜 보냈다. 그는 굉장히 현실적인 사람이고 나는 아직도 현실을 인식하지 못하는 철부지 같았다.

나는 몇 번 변덕을 부리며 헤어지자 그러다가 또 만나기를 반복했다. 그는 내 마음대로 움직여지는 사람이 아닌데 나는 그것을 바란 것이다. 결혼에 한 번 실패했음에도 나의 착각은 여전했다. 그는 하는 일이 더 잘되고 바빠졌다. 내게는 일정한 시간의 간격을 두고 전화를 했으며, 가끔씩 만났다. 딱히 나에 대해 좋고 싫고는 없는 것 같았다. 자기는 늘 한결같은 사람이라는 것이다. 나는 그런 그를 이해하지 못했다.

그러다 우리의 만남은 종지부를 찍었다. 이도 저도 아닌 게 나는 싫었다. 그게 나의 단점이기도 하다. 가끔 생각도 나고 아쉬움이 있지만 좋은 추억으로 간직하련다. 그 뒤로 나는 남자에 대한 생각은 버렸다. 한 번으로 족하다. 이제야 비로소 홀로서기가 된 것이다. 나는 혼자 있을 때는 제법 괜찮은 여자 같은데 옆에 남자만 있으면 찌질해진다. 더는 찌질해지지 않으려 한다.

나는 지금 몰타의 바닷가를 걷고 있다. 사람들이 해변에 삼삼오오 모여서 일광욕도 하고 물놀이도 하고 있다. 나도 내려가 운동화를 벗고 바닷물에 발을 담갔다. 시원하고 좋다. 오! 지중해의 바닷물은 이런 느낌이구나. 또 다른 감동이 몰려왔다. 수업 전 오전 시간을 바닷가를 거닐며 옛 생각도 하고, 아주 즐겁게 보낸 것 같아 흡족하다. 이제 남자 생각 그만할 때도 된 것 같다. 아닌가. 저쪽에서 나를 보는 어느 남자의 시선이 느껴진다.

요즘 것들은 무슨 재미로 사나

▲▲▲▲▲▲

'선 섹스 후 사랑', '선섹후사'. 최근 내가 들은 말 중에서 가장 쇼킹한 말이다. 요즘 아이들의 남녀 교제 방식이란다. 처음 만나 섹스를 해보고, 좋으면 사귀어 사랑을 시작하고, 싫으면 그만두는 것이다. '케바케'(케이스 바이 케이스)이겠지만 신선한 아이디어다.

어떻게 그런 생각을 했을까. 이런 말은 처음 들었다. 좋은 것 같기도 하다. 시간 낭비, 감정 낭비 하지 말고 속궁합이 잘 맞으면 바로 사랑해도 문제가 없을까? 결론을 먼저 내놓고 이야기를 전개하는 방식이니 뭐가 나쁘겠는가. 하지만 그다음 단계로는 뭘 할 수 있을까.

나의 첫 이성 교제는 고2 때부터 시작되었다. 이성 교제라는 말을 지금도 쓰는지 모르겠지만 그때는 그렇게 표현했다. 얌전한 강아지 부뚜막에 먼저 올라간다고, 나는 말수 적고 조용한 성격이었다. 그런데 그때 벌써 남자에 빠져 있었다. 어른들은 학생이 무슨 연애질이냐고 말은 하지만 그들도 다 알 것이다. 그때가 얼마나 신체적·정신적으로 왕성한 시기인지. 눈에 띄는 남자를 볼 때마다 가슴이 뛴다. 나에게 약간의 관심만 가져도 빠져든다.

우리는 어느 해 부처님 오신 날 첫 데이트로 춘천에 갔다. 처음으로 나란히 버스에 앉게 되었다. 가슴 뛰는 소리가 들릴까 봐 숨도 제대로 쉬지 못했다. 그도 그런 것 같았다. 우리는 별말 없이 이성과 함께 앉아 있다는 것만으로 흥분한 채 두 시간을 달려 춘천에 도착했다. 나도 그도 춘천이 처음이다. 우리는 춘천에 관해서는 관심이 없었다. 온통 상대에게 빠져 있었다. 버스에서 내리자마자 그가 갑자기 내 손을 잡았다. 깜짝 놀랐지만 빼지는 않았다. 그날 우리는 온종일 손을 잡고 다녔다. 손에서 땀이 비질비질 났지만 그래도 좋았다.

그날 이후 우리는 매일 만났다. 손만 잡았을 뿐인데 나는 그와 결혼해야 한다고 생각했다. 그는 하교 시간에 학교 앞에서 나를 기다렸다. 매일 집까지 가는 길을 같이 걸었다. 고등학교를 졸업하고 우리는 첫 키스를 했다. 안 믿을지 모른다. 그런데 사실이다. 그 후로는 데이트 때마다 사람들의 눈을 피하여 키스를 했다. 사실 우리는 좀 대담하게 애정 행각을 하는 편이었다. 버스나 기차에서 거침없이 그의 무릎에 앉고 팔로 그의 목을 껴안았다.

그다음 해 크리스마스이브에 우리는 속초로 1박 2일 여행을 갔다. 그러고 보니 부처님 오신 날과 예수님 오신 날 역사는 이루어졌다. 외박을 하느라 집에 거짓말을 하지 않을 수 없었다. 밖에 아무것도 보이지 않는 캄캄한 밤, 버스는 우리 둘만의 우주였다. 버스는 만석이었으나, 다른 사람들은 없는 사람들이었다. 아무도 보이지 않았다. 버스 안은 따뜻했고 밀착된 두 사람의 몸은 달아올라 있었다.

우리는 속초에 내려 말없이 밤바다를 보고 이어 자전거를 탔다. 겨울밤 바닷바람은 얼굴이 아리도록 차가웠다. 차가운 희열로 자전거를 타고 내달리던 기억이 지금도 생생하다. 드디어 그와 둘이 하룻밤을 묵게 될 민박집에 들어왔다. 침대도 없는 방에 이불만 깔려 있다. 우리는 외투만 벗고 나란히 누웠다. 방은 따뜻했다. 그가 다가와 키스를 한다. "오늘 너 정말 예뻐." 그가 말했다. 그리고 손을 꼭 잡고 그냥 잤다. 또 안 믿을 것이다. 그러나 사실이다. 그날 나는 충분히 행복했다. 그리고 그가 너무나 미더웠다. 그 후 나는 그를 더 사랑하게 되었다. 지금도 가끔 그날을 생각하여 미소 짓는다.

언젠가 강남역 사거리 버스정류장에 수도권 광역버스를 타려는 사람들이 길게 줄을 서 있었다. 그 맨 끝에 나도 섰다. 내 앞의 젊은 남녀 커플이 서로 허리를 껴안고 서 있다. 퇴근 후 남자가 여자네 집에 바래다주는 모양이다. 여자의 짐은 남자가 다 들고 있다. 여자는 시원한 것을 마시고 싶다는 둥 요구 사항이 많았고 남자는 절절매는 상황이었다. 남자가 여자의 집까지 갔다가 다시 오려면 두세 시간은 걸릴 것이다. 나는 노파심에 걱정이 앞섰다. 이들의 연애가 너무 피곤해 보였다. 연애는 자고로 좋아 죽어야 하는데, 이들은 내가 보기에도 피곤해 죽을 것 같다.

내 아들을 비롯하여 남자 조카들은 아직 다 결혼하지 않았다. 반면 내 딸과 여자 조카들은 다 결혼을 하였다. 나의 딸과 여자 조카들은 능력이 좋다. 어디서 남자들을 데리고 왔는지 용하다. 최근 통계청 조사에 따르면 30대 남자의 미혼율이 50%를 넘는다고 한다. 이들은 이야기한다. 먹고살기 빡세서 결혼 못 해요. 우리는 역사상 그 어느 때보다도 풍요로운 삶을 살고 있다. 왜 이들의 입에서 이런 말이 나올까.

옛날에는 주거 환경이 열악하여 예닐곱 명의 온 식구가 한 방에서 잤다. 그런데 결혼을 하게 되면 지하가 됐든 쪽방이 됐든 신랑 신부 둘에게 독립된 방 하나가 생기니, 그땐 다들 어떻게라도 결혼을 하려고 하였다. 법륜스님 말씀처럼, 요즈음에는 반대다. 자식들은 엄마 아빠와 호화롭고 넓은 집에서 자기 공간을 다 차지하고 살다가, 결혼을 하게 되면 이보다 못한 집으로 갈 수밖에 없다. 그러니 누가 결혼을 하려고 하겠는가.

직장도 마찬가지이다. 우리 때는 들어갈 수 있는 직장이 많았다, 일의 강도나 쉬는 날의 수를 생각하여 골라서 취업하지는 않았다. 열심히만 하면 과거보다 나은 생활을 할 수 있었다. 그 시절 우리에게는 희망이라는 게 있었다. 한 달에 두 번밖에는 쉬지 못했지만, 그래도 불평하는 사람은 없었다. 요즘의 직장 생활, 솔직히 내가 보기에 식은 죽 먹기다. 빨간 날을 다 쉬는 것도 모자라 대체 휴일이라 하여 또 쉰다. 연차, 월차 다 빼면 한 달에 평균 18일만 출근하면 된다. 무엇이 불만인지 모르겠다.

아들에게 이런 소리를 하면 어찌하여 엄마는 그렇게 사측이냐면서 엄마랑 말하기 싫단다. 그래서 내가 꼰대 소리를 듣나 보다. 우리 꼰대들은 뭐든지 다 옛날 자기 어려웠던 시절과 비교한다. 옛날에는 이랬는데, 우리 때는 저랬는데, 하면서 현실과 동떨어진 이야기를 한다. 요즘 아이들에게는 미칠 노릇이다. 지금은 옛날 그 시절이 아니라는 것을 나도 잘 알고 있다. 직장 생활이 식은 죽 먹기라는 앞의 말은 취소다.

지금의 청년들은 치열한 경쟁을 해야 하며, 그네 세대는 아버지보다 더 잘 벌 수 없는 첫 번째 세대다. 그들이 자랄 때는 즉시즉시 욕구가 채워졌다. 무엇을 위해서 기다릴 필요도 없었다. 그러니 사랑도 쉽고, 이별도 쉽다. 사랑을 위해 시간과 정성을 들여야 한다는 것을 이들은 귀찮고 번거롭게 생각한다. 그것이 사는 재미이거늘….

1962년생 박희경

~~~~~~

1962년은 우리나라 경제개발 5개년 계획을 발표한 해로 그 개발의 원년이었다. 정부가 잘살아 보겠다는 야심 찬 계획으로 국민을 계몽하고 변화의 새 시대를 열어가던 해였다. 베이비 붐이 일어 한 해에 70~80만 명의 신생아가 태어났다. 지금의 세 배가 넘는 숫자다.

나는 그 새바람의 물결과 함께 태어나고 자랐다. 우리는 그 이전 윗세대보다 개방되고 자유롭게 교육을 받을 수 있었다. 또 일제 강점기나 6·25 전쟁을 겪지 않았다. 어렵게 살았지만, 보릿고개가 무엇인지는 잘 모른다.

우리는 오직 모든 것을 열심히 해야 했다. 국민학교 시절 국민교육헌장을 외우는 것으로 수업이 시작되었다. "우리는 민족중흥의 역사적 사명을 띠고 이 땅에 태어났다. 조상의 빛
~~~~~~

난 얼을 오늘에 되살려, 안으로 자주독립의 자세를 확립하고, 밖으로 인류 공영에 이바지할 때다. 이에, 우리의 나아갈 바를 밝혀 교육의 지표로 삼는다." 지금도 토씨 하나 틀리지 않고 외우는 문장이다.

그렇다. 우리는 민족중흥의 역사적 사명을 띠고 이 땅에 태어난 존재다. 잘살아 보겠다는 일념 하나로 공부하고 일했다. 우리는 세계인들 모두가 놀라는 경제성장을 이룩했으며, 무엇보다 세계적인 교육열로 자녀의 교육에 힘썼다. 배움만이 잘살 수 있는 길이라 생각했거나, 또는 나의 배움이 부족한 것이 한(恨)이 되어 자녀 교육에 모든 걸 쏟아부었다. 거의 목숨을 바쳤다 해도 과언이 아니었다.

그리하여 우리 삶의 수준은 높아졌다. 자녀들은 역대 최고의 교육을 받았다. 예전에는 상상할 수 없는 좋은 음식을 먹고 좋은 주거 환경을 만들었다. 우리나라 어디를 가든지 좋지 않은 곳이 없다. 산에는 나무가 우거지고, 들판은 잘 정비된 논과 밭으로 풍성하다. 넓고 아름다운 공원들이 곳곳에 분포한 반듯반듯한 신도시엔 누구나 살고 싶어 한다.

우리는 민족중흥의 역사적 사명을 다하였다. 그러나 이만하면 되었다고 만족해하고 흐뭇해할 겨를도 없이 연로하신 부모님을 모셔야 하고, 자신의 노후를 걱정하지 않으면 안 된다. 우리 세대는 부모님을 부양하여야 한다. 하지만 우리 자식이 우리를 부양하기 기대하기는 어려운 세대다. 우리는 낀 세대인 것이다.

누군가 물었다. 박희경이라는 사람은 어떤 사람인가요? 어떤 사람이라고 표현할 수 있을까요? 어떤 사람으로 알려지기를 원하나요? "글쎄요, 생각해보지 못했는데요." 느닷없는 질문에 나는 대답하지 못했다.

우리 집 첫째인 오빠는 장남인 데다가 잘생겼다. 둘째인 언니는 키가 아주 크다. 막내인 남동생은 머리 좋은 천재다. 셋째인 나는 예쁘지도, 키가 크지도, 머리가 좋지도 않았다. 밖에 나가면 예쁜 편인데 오빠가 너무 잘생겨서 묻혔다. 키는 평균 키인데 언니가 너무 크다 보니 언니보다는 많이 작았다. 공부도 잘하는 편이었으나 동생처럼 천재는 아니었다. 그야말로 존재감 없는 사람이었다. 오죽하면 친언니 결혼식에 갔는데 사촌 오빠가 "너도 왔니?" 그랬을까. 누구네 집 몇째 딸인지 모르고 한 말이다.

대외적으로는 그랬지만, 사실 난 집안에 없어서는 안 되는 존재였다. 아버지도 엄마도 만만한 게 희경이였다. "희경아, 이리 와봐." "희경아, 이것 좀 해." "희경아." "희경아." 그랬다. 모든 집안일에 내가 없으면 안 되었다. 뭐든지 시키면 야무지게 잘하고 어른들 속 썩이는 일은 없었다. 어린 시절 나는 맹랑하다는 소리를 듣고 자랐다. 나는 분명 존재하는데 존재를 인정해 주지 않으니 엉뚱한 짓을 많이 한 것 같다. 그냥 한 말인데도 "너도 그런 말 할 줄 알아?" "요것 봐라, 맹랑하네." 그런 식이었다.

나도 머리가 나쁜 편은 아닌데 동생하고 자꾸만 비교되었다. "너는 그런 것 못 해. 동생이 하니까 아무나 하는 줄 아네." 우리 집에 자주 놀러 오시던 아버지 친구분이 하셨던 이야기인데, 나는 평생 그 말이 상처가 되어 기억한다. 평범하여 눈에 띄지 않는 존재였으나, 나는 할 말은 하고 이상한 행동을 해서 존재감을 나타내려고 했다.

그래서 이혼을 한 것이다. 나라고 하는 사람을 묻혀두고 결혼했으니, 그냥 살기는 싫었다. 참고 살기는 더더욱 싫었다. 확실히 이혼이 나를 평범하지 않게 만들었다. 사람들은 따가운 시선으로 나를 한 번 더 쳐다보았다.

내가 이혼했을 당시만 해도 지금처럼 이혼이 흔하지 않았다. 친정엄마들은 딸이 결혼할 때 남편을 하늘같이 섬기라고 가르쳤다. 심지어 그 집 귀신이 되어야 한다고도 하였다. 절대 돌아와서는 안 된다는 말이다. 여자는 참고 살아야 한다고 했다. 여자가 이혼하면 인생 끝나는 것처럼 생각하였다. 집안 부끄럽다며 쉬쉬하였다. 그런 이혼을 내가 했다. 내가 우리나라 이혼의 봇물을 튼 것이다.

그 뒤로 우리나라 이혼율은 크게 늘었다. 그러나 내가 이혼했을 때는, 이혼이라는 단어를 언급하는 것도 금기시되던 시절이었다. 행복한 결혼으로 평범하게 잘 살았다면 지금의 내 모습은 어떨까? 가끔 생각해 본다. 그러나 나 박희경을 말할 때 이혼녀 박희경을 생각하지 않을 수 없다. 사회의 분위기가 그랬으며 무엇보다 내 마음이 그랬다.

이혼녀로 혼자서 두 아이를 키우며 사는 일은 쉽지 않다. 외로움과 두려움은 오히려 사치였다. 삶은 생존의 문제였고, 나는 전장의 투사처럼 살았다. 언제나 갑옷을 입었기 때문에 거칠고 투박하여 아무도 내 속내를 알지 못했다.

『82년생 김지영』은 남녀 차별을 다룬 소설로 100만 부 이상이 팔린 베스트셀러다, 영화로도 제작되어 큰 히트를 쳤다. 주인공 지영은 아내로서 엄마로서 사는 것이 힘들고 외로워 우울한 나날을 보낸다. 지영에게는 육아 때문에 사회생활을 하지 못하는 박탈감, 그리고 자라면서 남동생과의 남녀 차별을 받은 것에 대한 억눌린 내면의 상처가 있다.

하지만 지영에게는 "너 하고픈 거 해."라는 남편과 엄마의 따뜻한 위로가 있다. 남편은 자상하며 지영을 이해해 준다. 60년대에 태어난 나로서는, 우리 60년대생이 겪은 남성 중심적인 세상과 80년대생이 겪은 남녀 차별 문제는 상당한 괴리가 있다고 느껴졌다. 아직도 양성평등 문제가 사회의 이슈지만 솔직히 나는 이 책의 문제의식엔 공감하기 힘들었다. 남편의 따뜻한 위로라니, 우리 세대는 감히 생각도 못 해본 일이다. 이 책을 읽고 감동받았던 젊은 여성들의 마음을 이해하지만, 나는 20년의 격세지감을 느끼지 않을 수 없었다.

'이혼했지만 혼자서 잘 살아온 사람', '세상을 혼자 당당히 잘 살아온 사람', '마음먹은 것은 하는 진취적인 사람', '돈보다 나를 사랑하는 사람', 이게 나다. 이제 갑옷을 벗고 부드럽고 온화한 모습으로 세상을 바라볼 수 있다. 나는 내가 무엇을 원하는지 안다. 그냥 나로 사는 것이다.

사람이든 돈이든 무엇에도 구애받지 않는다. 그래서 이번 몰타 연수와 여행을 계획하면서 돈은 신경 쓰지 않기로 했다. 실제로 난 여유 있게 살아보지 못했고, 돈으로부터 자유로워본 적도 없다. 늘 무언가 하려면 그놈의 돈이 문제였다. 돈 생각하고 이것저것 따지다 보면 아무것도 할 수 없다.

작년부터 병국이가 월급 타서 조금씩 주는 용돈으로 적금을 들었다. 그 돈이 한 500만 원 정도 되었고, 사위가 회갑 기념이라며 100만 원을 주었다, 600만 원 정도는 확보된 셈이다. 병국이가 "엄마, 이번 여행에 돈 얼마 들어?" 하고 물어보길래 "1,000만 원 쓰면 황제처럼 지내고, 쪼잔하게 쓰면 500만 원이면 되겠어." 했다. 우리 아들이 말이라도 "엄마, 황제처럼 팍팍 쓰면서 지내다 오세요." 그런다. 고맙다. 그래, 나는 1,000만 원 한도 내에서 황제처럼 팍팍 쓰겠다고 마음먹었다.

사실 1,000만 원은 너무나 큰돈이다. 나에게는 그렇다. 어학연수 몇 주로 무슨 영어가 그렇게 늘겠는가. 그건 경험을 사기 위해서다. 학생 신분으로서의 경험. 외국 생활 경험. 홀로 여행 경험. 이런 것들이 다 소중하다. 돈으로 바꿀 수 없는 경험이다. 무엇보다 나는 내가 중요하다. 아직까지는 공부보다는 혼자 다니는 유럽 여행이 더 즐겁다. 돈값 하련다.

언제부터인지 나는 고상해지고 싶었다. 내가 생각하는 고상은 돈과 물질에 상관없이 우아하고 품위 있는 것이다. 1962년생 박희경은 이제 더 이상 억척스럽게 살고 싶지 않다. 나이 들수록 더 고상한 박희경이고 싶다.

영어 공부 도대체
왜 하는 거야?

^^^^^^

한국에서 나의 하루 루틴은 영어로 시작해서 영어로 끝난다. 아들이 "엄마는 나 출근할 때도 영어를 하고 있더니, 퇴근하고 돌아와도 영어를 하네. 종일 영어만 했어?" 그런다. 난 아침 7시에 일어나 고양이 세수를 하고 머리를 빗은 다음 책상에 앉는다. 오늘 배울 본문을 10회 반복해서 읽는다. 모르는 단어를 찾아 외우고 문제를 푼다.

나의 줌(Zoom) 영어 수업은 8시 30분부터 시작이지만, 예습을 한 시간 이상 해야 수업이 매끄럽게 진행된다. 선생님과 인사를 나누고, 선생님은 내게 날씨가 어떤지, 오늘 기분은 어떤지, 어제 무슨 일이 있었는지와 오늘 계획은 무엇인지를 묻는다. 이 정도의 답변은 무난하게 한다. 우리는 교재의 본문을 읽고 스토리를 얘기한다. 스토리에 대한 질문, 내 생각을 묻는

질문이 이어진다. 40분 수업이 금방 지나간다.

수업이 끝나면 9시 10분이니, 나의 아침 시간 2시간 10분을 영어 수업에 쓴다. 영어 수업이 끝나면 씻고 업무상 필요한 전화나 서류를 준비한다. 아침을 먹으면서 유튜브로 영어 듣기를 한다. 식사 후 커피를 마신 다음, 영어책을 소리 내어 읽기를 한 시간 한다. 하루 일과를 마치면 자기 전에 오늘의 문장을 암기한다. 아들의 "종일 영어만 하네"라는 말이 과언이 아니다.

작년 이맘때였다. 친구가 필리핀 선생님에게 온라인으로 영어 수업을 받는다는 이야기를 들었다. 줌으로 화상 수업을 하는 것이다. 나는 그때 마침 영어 공부를 제대로 하고 싶은 마음이 컸다. 하지만 학원을 다니기도 쉽지 않고, 혼자 공부하는 것은 한계가 있었다. 친구에게 부탁해서 필리핀 선생님 데스를 소개받고 영어를 공부하기 시작했다.

선생님을 만난 것은 행운이었다. 워낙 친절하며 내 실력에 딱 맞게 수업을 진행해 주어 부담이 없었다. 한국말 없이 영어로만 진행하니, 처음에는 서로 동문서답을 하기도 하고 입에 맴도는 단어가 생각나지 않아 무척 답답했다. 그러나 조금씩 좋아졌다. 센스 있는 선생님은 내 말을 잘 알아듣는다.

아침부터 외국인과 영어로 소통하는 건 내게 너무 재미있고 유익한 시간이다. 40분은 금방 지나간다. 특별한 목적이 있는 것은 아니었기 때문에 누가 물어보면 치매 예방 차원에서 한다고 했다. 실제로 치매 걱정은 하지 않아도 될 것 같다.

나는 나이 들면서 할 수 있는 제일 좋은 취미 생활이 공부와 책 읽기라고 생각한다. 영어 수업은 매일 아침 주 5일간 한다. 다른 전화 영어보다 수업 시간이 긴 편이었고, 이른 시각 하다보니 일에 지장이 없어서 열심히 했다. 꾸준하게 조금씩 하는 공부가 재미있었다.

처음에는 단어 하나 외우는 데 정말 많은 시간이 걸렸다. 그래도 금방 또 잊어버리고, 또 외우기를 반복하였다. 이렇게 말하면 영어 무지 잘하는 줄 알겠지만, 나는 영어권 네 살 아이보다 말을 못 한다. 영어권 네 살 아이도 그렇게 영어로 말을 잘하는데 왜 그 말이 그렇게 잘 안 되는지 모르겠다.

그래도 다행인 것은 그만하고 싶다거나 부담이 되진 않는다는 것이다. 공부도 하면 조금씩 는다. 암기하는 데 걸리는 시간이 짧아지고, 읽고 쓰기가 처음보다는 많이 좋아졌다. 꾸준히 할 수 있을까 걱정했는데 시작한 지 벌써 1년이 되었다. 잘 버텼을 뿐만 아니라 아주 재미있고 의미 있는 1년이었다. 나는 배우는 것을 좋아하는 것 같다. 그 열정으로 몰타 어학연수도 왔으리라! 무척 뿌듯하다!

그렇다고 영어 실력이 월등히 향상된 것은 아니다. 수업을 들으면 다 아는 것 같은데 입으로는 한마디도 나오지 않는다. 그렇게 여러 번 반복하여 듣고 읽고 하는데도 말이다. 이번 몰타 어학연수를 통하여 입이 열리기를 기대해 본다.

사실 생각해 보면 영어 공부를 꼭 해야 할 아무런 이유가 없다. 생활에 불편함을 느끼는 것도 아니고, 자격증이 필요한 것도 아니다. 토플이나 토익 점수를 받기 위한 공부도 아니다. 해외여행을 간다 해도 그렇게 많은 공부가 필요한 것은 아니다. 소통은 다 할 수 있다. 아무리 열심히 한들 원어민처럼 하겠는가, 아니면 젊은이들을 따라갈 수 있겠는가 말이다.

그냥 하는 것이다. 머리 녹슬지 말라고. 그저 어제보다 조금 잘하면 되지 않겠는가. 난 스트레스받지 않고 즐기면서 하려 한다. 그래도 나는 항상 공부하는 사람이라고 자부할 수 있다! 한 10년쯤 공부해서 70대가 되면 유창하게 잘하려나? 기대해 볼 일이다.

어느덧 몰타에 온 지 며칠이 지났다. 저녁에 숙소에 들어가기 전 집 앞 편의점에 들러서 쌀, 바나나, 물티슈, 수프, 달걀, 쿠키 하나를 샀다. 10유로 정도다. 그다지 비싸게 느껴지지는 않았다. 내가 한 달 동안 지냈던 숙소의 주인 베키가 비싸다고 다른 큰 마트를 소개해 줬지만 나는 조금씩 사도 되니 가까운 곳에서 사기로 했다. 다양한 나라에서 만든 다양한 공산품들이 웬만큼은 다 있다.

스페인산 쌀을 샀는데 밥이 아주 이상하게 됐다. 쌀은 길쭉했으며, 끈기나 기름기가 없어 푸석하게 되었다. 더군다나 오랜만에 해보는 냄비 밥은 어설프기 그지없다. 쌀이 익을 때까지 물을 많이 붓고 푹 끓여 밥인지 죽인지 모르게 되었다.

집에서 가져온 무말랭이, 멸치볶음, 낙지젓갈과 밥을 먹었다. 근데 이게 또 이렇게 맛있네. 비행기에서 기내식을 먹고, 국적 불명의 여러 가지 음식을 며칠 동안 먹은지라 오랜만에 먹은 한국식 저녁밥은 내 위장을 안정시켰다. 오랜만에 냄비 밥을 먹고, 그 냄비에 눌러붙은 누룽지를 끓여서 아주 맛있게 먹었다. 어쩔 수 없는 한국 아줌마의 입맛이다.

저녁 시간, 아무도 없는 집의 거실에서 TV도 켜 보고, 책도 좀 보고…. 아참! 학교에서 내준 숙제도 있었지? 숙제도 하며 낑낑댔다. 영어 공부 도대체 왜 하는 거야?

영어, 정복될까?

다시 또 영어 이야기. 영어를 잘해 보겠다는 생각은 한국 사람이면 누구나 하는 생각일 것이다. 대단한 목표나 목적이 있어서가 아니다. 나는 내가 머리를 계속 쓰면 좋겠다는 생각에서 영어를 시작했다. 해도 해도 늘지 않는 영어.

그러나 이번은 조금 달랐다. 말 상대가 있으니 기존의 방법보다는 좀 더 적극적이라고 할 수 있다. 매일 줌으로 만나는 필리핀 선생님과 영어로만 의사소통을 하니 재미도 있고 실력 향상에도 많은 도움이 되었다. 나는 내가 영어 좀 하는 줄 알았다. 데스는 내가 개떡같이 말해도 찰떡같이 알아들었다.

데스와 만난 지 딱 1년 만에 오늘에 이르렀다. 영어를 잘하는지는 모르겠으나 자신감이 생겼다. 혼자 외국에 떠나는 일을 계획하고 실행하여 이곳에 온 것은 영어가 좀 된다는 내

착각에서 시작되었다. 그런데 실제 와보니 영어로 의사소통은 전혀 안 되고, 눈치코치로 하고 있다. 오 마이 갓!! 영어 정말 정복될까?

그동안 조금이나마 되던 표현도 있었는데, 머릿속이 백지장이 된 듯 입이 열리지 않는다. 이럴 수가! 내가 바보인가? 그냥저냥 수업 시간은 잘 지나갔다. 모르겠다. 실력이 과연 늘 것인가? 이왕 여기까지 왔으니 견뎌보자는 심산이다.

수업을 마치고 오늘은 근사한 식사를 해야겠다고 마음먹고 고급스러운 레스토랑에 들어갔다. 애피타이저, 메인요리, 샐러드, 음료, 순서대로 적힌 메뉴들을 보고 한숨이 나왔다. 이건 또 왜 이리 복잡한지 그냥 메인인 쉬림프 요리를 골랐다. 다른 것은 다 됐고, 물만 추가해서 주문했다. 친절한 웨이트리스가 웃으며 주문을 받았다.

레스토랑 안은 상당히 고급스러웠다. 다른 손님은 없다. 나는 야외 식탁에 앉아서 주문한 음식을 먹었다. 음, 내 입맛에 딱 맞았다. 역시 비싼 게 맛있다. 이곳에 온 후 제일 맛있게 먹었다. 기분이 좋아져서 셀카도 찍고, 예진이와 영상 통화도 했다. 예진이가 엄마 좋아 보인단다. 자리를 옮겨 엊그제 갔던 카페의 2층, 같은 자리에 앉았다.

한국에서 처리해야 할 일이 있어서 약간 신경이 쓰였다.

나는 평생을 직업을 갖고 일을 해왔는데 최근 한 1~2년 전부터 늦게 전성기를 맞은 것 같다. 나는 젊어서 어린아이 둘을 데리고 이혼하여 혼자 살았다. 경제적으로 어렵지 않은 때가 없었다. 늘 생계에 대한 압박에서 벗어나지 못했다. 돈을 벌어보겠다고 정말 이를 악물고 열심히 살았다.

그리하여 나의 이와 잇몸은 너무 힘이 들어가 다 망가졌다. 이를 악물고 살면 정말로 이와 잇몸이 망가진다는 것을, 겪어 본 사람은 안다. 열심히 한다고, 이를 악문다고 돈이 벌어지지는 않았다. 그저 그날그날 밥만 먹고 살아가는 정도였다. 아이들은 대학을 다 마쳤고, 딸아이는 결혼도 했고, 아들딸 모두 안정된 직장도 갖게 되었다. 이제 내가 감당해야 할 경제적 부담도 많이 줄었는데 하는 일이 잘되어서 사실 요즈음은 보너스 같은 삶을 살고 있다.

나는 부동산과 관련된 컨설팅 일을 한 10년 동안 했다. 부동산 컨설팅 회사에 소속되어 공인중개사 자격 없이 중개를 보조하는 일을 했다. 그러다 재작년에 자격증을 따서, 언니와 같이 독립해 일을 하고 있다. 두 살 위의 언니는 60세에, 나는 59세에 공인중개사 자격증을 취득했다. 둘 다 대단한 결실이 아닐 수 없다.

언니가 특히 열정적으로 공부했다. 다 늙어서 무슨 자격증이냐고, 그냥 이대로 좀 하다 말자고 내가 극구 말렸으나 언니는 필사적으로 공부해서 결국 먼저 합격했다. 언니도 했는데 내가 못 따면 안 되겠다 싶어 그다음 해에 나도 정말 열심히 해서 합격했다. 내 인생에서 공부를 그렇게 열심히 한 적은 없었다. 우리는 독립해서 사무실을 내고 일을 하고 있다. 십여 년 같은 일을 성실히 하면 성공한다고 하는데 언니와 나는 이제 그 결과를 보는 것 같다.

금년이 내가 61세 회갑이 되는 해다. 요즈음이야 회갑 잔치를 하지 않지만 나 스스로 나에게 잘 살아왔다고, 애 많이 썼다고 상을 주고 싶었다. 그동안 나는 내가 원하는 것이 무엇인지도 모르고 살아왔다. 나는 무엇을 원하나? 무엇이 하고 싶은가? 무엇이 지나온 힘든 삶을 보상해 줄 수 있을까? 나는 지금까지 해보지 못한 그런 일을 하고 싶었다. 그게 바로 오늘 나를 이곳 몰타섬 해변의 카페에서 이렇게 글을 쓰게 하고 있는 것이다.

여기 오기까지 우여곡절이 많았다. 일상생활에서 이런 긴 여유를 내기란 쉬운 일이 아니다. 많은 일을 떠안은 언니에게 너무 미안하다. 내가 어느 정도 정리해 놓고 오긴 했어도, 일이란 것이 매일매일 터지기 마련이니까. 언니는 나 없이 지낼 일이 걱정되어 이번 여행을 극구 반대하였으나 나는 기어이 실행에 옮겼다. 그래도 기나긴 인생에서 이 정도의 일탈에 무슨 일이 있겠냐고 긍정적으로 생각하련다. 오늘 나는 더없이 행복하다.

수업이 오후에 있어서 아침에 조금 여유가 있었다. 숙소에 나 혼자 있는지 조용하다. 음악을 크게 틀고, 입으로 따라 흥얼거리며, 샤워하고, 화장도 했다. 드디어 데스와의 영어 수업이 줌으로 연결되었다. 반가웠다. 내 영어를 알아듣는 단 한 사람. 나는 할 말이 많아 흥분했다.

몰타에서는 다양한 나라의 사람들이 다양한 언어로 이야기한다고, 학교에서는 말 한마디 못 했다고, 내가 영어 잘하는 줄 알았는데 하나도 못하더라고, 반이 맘에 안 들어 바꾸어 달라고 했다고, 다음 주에 바꾸어 주기로 했다고, 생각보다 레벨 테스트 결과가 낮게 나왔다고…. 독자분들은 이 모든 말을 영어로 했다는 게 믿어지는가? 또 데스가 다 잘 알아들었다는 것이 믿어지는가?

어쨌든 데스와 나는 무슨 말이든 영어로 소통이 잘되었다. 괜찮다고, 지금 잘하고 있다고, 앞으로 더 많이 좋아질 것이라고 그녀가 위로해 주었다. 이 말을 들으려고 내가 여행 중에도 기어이 데스와 온라인으로 수업하기를 원한 것이다. 어제 만난 같은 반 한국 여자가 자기도 데스를 소개해 달라고 했다. 데스도 좋다고 했다. 데스와 수다를 떨었더니 기분이 더 좋아졌다. 영어가 정복되는 날까지!!!

어제 사 온 이름 모를 야채와 슬라이스 포크를 함께 넣어 스크램블드에그를 만들고, 아침밥으로 먹었다. 한국에서 가져온 고추장 양념을 야채와 같이 먹는데 이게 또 뭐라고 맛있네.

"Tastes good, smells good, feels like good….”

나의 사랑 구르미

○○○○○○

"혼자 살기 힘들면 개 한 마리 키우는 거 어때? 강아지 키우면 외롭지 않고 정서적으로도 아주 좋은데." 주변에서 나에게 강아지 키우기를 권했다. 나는 단번에 거절했다. 싫어. 오죽 정 줄 곳이 없으면 개에게 정을 주고 사냐. 개한테 의지하고 살고 싶지는 않다는 게 내 생각이었다. 강아지에게 옷을 입히고 유모차 태우고 다니는 그런 게 다 못마땅하였다.

언젠가 펫스쿨, 펫사관학교 사업 설명회에 다녀올 기회가 있었다. 우리나라 출산율이 낮아져 어린이집과 유치원이 줄폐업을 하게 되니 그 건물에서 펫스쿨과 펫사관학교를 운영한다는 것이다. 울 수도 웃을 수도 없는 노릇이다. 작은 규모는 펫스쿨이고, 큰 규모는 펫사관학교란다. 이름도 참 거창하다. 아침에 등교하고 저녁에 하교하는 시스템도 있고, 자유로이 시간제로 다닐 수도 있단다.

아이들이 다니는 유치원은 그래도 규모가 있어서 보통 200여 평 이상에 3~4층은 되는 건물이다. 그러한 건물에 럭셔리하게 인테리어를 하여 개를 위한 훈련, 놀이, 숙박, 미용과 각종 서비스가 제공된다. 한 달 동안 이 모든 것을 이용하는 데 드는 비용이 100만 원 정도다. 반려견의 숫자는 많아지고 그 반려견에게 쓰는 돈을 아끼지 않기 때문에 전망이 있다는 것이다. 나는 이 사업에 회의적이었으나 설명회에는 많은 사람들이 모였다.

그러던 어느 날이었다. 그 당시 사귀던 남자친구가 새끼 강아지 한 마리를 데리고 왔다. 나 외롭지 말라고 강아지를 구해 왔단다. "어머, 강아지가 이렇게 쪼끄마해." 손바닥에 올려놓은 강아지는 햄스터 같았다. 이제 겨우 태어난 지 50일밖에 되지 않은 조그만 털뭉치였다.

브라운 아빠 푸들과 실버 엄마 푸들 사이에서 낳은 구르미는 크림색 푸들이다. 개가 뭉게구름 같은 털을 가지고 있어서 구름이(구르미)라고 이름 지었다. 새끼 강아지 구르미는 거실에서 뛰어놀며 재롱을 피우고, 잘 먹고 무럭무럭 자랐다. 그땐 강아지에 대한 상식이 전혀 없었으므로, 어미하고 떨어져 처음 낯선 곳에서 자는데도 우리는 어찌할 바를 몰랐다. 거실에 혼자 재우고 우리는 각자 방에 들어가 문을 닫고 잤다.

아침에 그 조그마한 게 일어나 나의 방문을 긁는다. 가르쳐 주지도 않았는데 어떻게 알았을까. 너무 귀엽고 사랑스러웠다. "네가 낳은 자식도 아닌데 어쩌면 그렇게 너희 아이들과 똑같이 순하고 착하니?" 강아지를 엄청 싫어하는 언니가 우리 구르미를 보고 하는 말이다. 구르미는 심성이 우리 아이들과 똑같다. 예쁜 짓만 하니 식구들 사랑을 독차지할 수밖에 없다.

강아지에 대한 기본 지식이 없어 훈련을 시키거나 좋은 버릇을 들인 것도 없었다. 그러나 영리한 구르미는 대소변도 잘 가리고 말썽도 피우지 않는다. 나는 구르미에게 푹 빠졌다. 그 후 남자친구와는 좀 소원해지고, 그도 전화하면 구르미 안부만 묻는다. "우리의 관계는 구르미 준 걸로 퉁쳐요. 구르미 하나로 된 거 같아요." 그와의 마지막 전화에서 내가 한 말이다. 진심으로 그와 잘되는 것보다 구르미를 보내준 게 더 고마웠다.

사람과의 관계는 따져야 할 이해타산이 있지만, 구르미와의 관계에서는 무조건이다. 조건 없이 주고받는 사랑이다. 개에 의지하고 살고 싶지 않다던 내가 구르미 없이 어떻게 살았을까 싶다.

강아지와 산책하면서 나의 걷기는 시작되었다. 걸으면서 건강을 찾았다. 매일 같이 산책을 하였다. 밤 10시에 귀가해도 구르미와의 산책은 빼먹지 않았다. 매일 아침 눈을 뜨면 가장 먼저 보는 구르미. 눈을 마주 보며 우리는 첫마디를 나눈다. "구르미 잘 잤어? 나도 잘 잤어." 하며 꿀 떨어지는 인사로 하루를 시작하는 사이다.

우리 아이들 키울 때처럼, 구르미 키우는 데도 돈을 들이지 않고 키운다. 아기였을 때 "앉아. 손 줘. 공 가져와." 정도만 가르쳤다. 우리 식구와 다르게 구르미는 학구적이지는 않았다. 가르치는 게 어설퍼서인지 그 외에는 할 줄 아는 것이 없다. "엎드려, 하이파이브, 빵야." 이런 거 할 줄 모른다.

어떤 강아지가 "안녕하세요" 하면 고개를 끄떡한다. 나는 구르미에게 그걸 가르치겠다고 온종일 아이를 앉혀 놓고 "안녕하세요" 하면서 고개를 끄떡이는 연습을 시켰다. 머리가 나쁜지 하기가 싫은 건지 따라 하지 않는다. 이것을 보고 있던 예진이가 "엄마, 구르미가 엄마 왔다고 반가워서 껑충껑충 뛰며 꼬리를 흔드는 게 좋지, 엄마 왔다고 고개를 끄떡하면 좋겠어?" 그런다. 맞는 말이다. 그 후 우리는 구르미 교육에는 신경 쓰지 않는다. 천방지축 구르미는 산책도 잘하고 건강해 병원 한번 간 적 없다. 며칠 못 보니 구르미가 너무 보고 싶다.

오늘도 몰타의 해안을 따라 걷고 있는데 병국이가 퇴근하면서 전화를 하였다. 구르미 때문에 퇴근 시간도 앞당긴 것이다. 여행 계획 중에 계속 신경이 쓰이는 단 한 사람이 언니, 그리고 우리 귀여운 강아지 구르미다. 벌써 나와 만난 지 4년이 되어 간다. 구르미는 이제 네 살이 되어 간다. 구르미에게는 나와 우리 집이 모든 세상일 것이다.

그런 구르미를 혼자 두고 오려니 마음이 너무 쓰였다. 처음으로 이렇게 여러 날 떨어져 지내게 되었다. 내가 없는 동안 병국이가 일찍 출근해서 늦게 돌아오면 하루 종일 어떻게 지내나, 그게 제일 걱정이었다. 그 녀석은 나밖에 모른다. 그다음이 병국이다. 나와 병국이가 같이 들어와도 나만 반긴다. 내 차가 아파트에 들어서면 "세대 차가 들어오고 있습니다."라는 아파트 안내 방송이 나온다. 구르미는 그때부터 내가 왔음을 알고 빙빙 돌면서 좋아 죽는다.

온종일 나만 기다리고 있을 구르미를 생각하면 마음이 짠하다. 나도 집을 한 달이나 비우기는 처음이라 생각나는 것은 구르미뿐이다. 구르미는 내가 집에 있으면 나만 바라본다. 내가 소파에 앉으면 소파 바로 앞에, 책상에 앉으면 책상 바로 옆에, 식탁에 앉으면 식탁 바로 옆에 정확한 거리를 두고 앉아서 나를 지켜준다. 오기 전에 매일같이 내가 한동안 멀리 다녀올 거라고 그렇게 여러 번 이야기했더니, 내가 짐을 싸 들고 공항에 가던 날 구르미는 그 사실을 알고 있는 것 같았다. 담담히 나를 보내 주었다.

우리 구르미의 단점은 말을 안 한다는 것이다. 구르마, 조금만 참아. 내가 곧 갈게. 그래도 병국이가 신경 써서 구르미를 돌보아 주니 고맙다. 나를 기다려 주는 개새끼(애칭)가 있어서 좋다. 나를 필요로 하는 또 다른 생명체. 내가 마음이 가는 사랑스러운 구르미. 구르마, 조금만 기다려. 구르미의 장점은 단점과 같다. 말을 안 한다.

병국이와 통화를 영상으로 전환하여 내가 걷고 있는 해안가 풍경을 보여 주었다. 병국이가 "어! 정말 외국이군!" 하며 감탄한다. 낯선 외국 거리를 엄마가 너무나 자연스럽게 활보하고 있으니 놀라워한다. 자식들은 엄마를 많이 걱정하는 것 같다. 이제는 걱정하지 않아도 돼. 몰타는 내가 접수했어. 구르마! 조그만 기다려, 곧 갈게.

나는 걷기 예찬론자

>>>>>>

내가 온 이후 처음으로 몰타의 날씨가 흐렸다. 하늘이 맑고 화창한 날씨로 선글라스를 쓰지 않고는 눈이 부셔서 다닐 수가 없었는데, 오늘은 흐리고 바람이 많이 불어 춥다. 어제 운동화를 신고 다녔더니 발에 땀이 나서 오늘은 맨발에 슬리퍼를 신고 나왔다. 발이 시렸다. 다른 아이들을 보니 전부 양말에 운동화를 신고 있다. 내가 너무 앞서 나갔나 보다.

오후 수업은 6시에 끝났다. 추워서 얼른 숙소로 돌아왔다. 날씨가 흐리니 라면 생각이 났다. 들어오는 길에 편의점에 들러 라면 두 개와 아이스콘 하나를 샀다. 한국 라면 아니고 터키산 인스턴트 누들이다. 끓이는데 카레 냄새가 났다.

이상한 맛이라 못 먹으면 어쩌나 했는데 그런대로 먹을 만했다. 한국 라면처럼 얼큰한 맛은 아니어도 식욕이 좋아서인지 맛있게 먹었다. 하루 영양을 생각해서 계란도 넣고, 아이스크림도 먹고, 사과도 먹고, 어제 사 온 생야채도 아귀아귀 먹었다. 이만하면 굶어 죽진 않겠지. 죽기는커녕 살쪄서 돌아갈 것 같다.

저녁을 먹고 씻지도 않고 침대에 누웠는데 밤 열 시까지 단잠을 잤다. 오히려 여기 와서 잠을 더 잘 잔다. 오늘 만오천 보 이상 걸었다. 나는 걷기 예찬론자다. 앞에서도 적었듯, 구르미가 우리 집에 오고부터 걷기 시작했다. 걷고부터 나의 삶은 달라졌다. 몸도 건강해졌을 뿐만 아니라 마음도 건강해졌다. 이렇게 건강을 회복한 것은 전부 구르미 덕분이다!

그 전에 나는 10분도 걷지 못했다. 10년 이상을 환자로 살아왔다. 재생불량성 빈혈 환자. 어려움은 왜 항상 세트로 오는지 모르겠다. 내가 이혼을 하고 여러 가지로 불안정한 상태에서 병까지 얻었다. 내가 겪어 온 그 어떤 시절보다 어려웠다.

어느 날, 한 달 이상 감기가 낫지 않아 동네 병원에 갔는데, 혈액검사를 해보는 것이 좋겠다는 것이었다. 혈액검사 결과를 본 의사는 나에게 큰 병원을 가봐야 할 것 같다고 하였다. 저쪽에서 간호사 두세 명이 모여 나를 안쓰러운 표정으로 보고 있었다. 그 병원의 간호사들은 표정 관리를 너무 못했다. 그래서 나는 알게 되었다. 내 병이 심각하구나.

큰 대학 병원에 처음 가서 검사하는데 휠체어를 타고 병원 각 층을 다녀야 했다. 그런데 휠체어 밀어줄 사람이 없어서 병원 직원이 4층에 올려다 놓으면, 4층의 다른 직원이 올 때까지 하염없이 기다렸다가 또 다른 층에 데려다 놓으면 기다리기를 반복하면서 검사를 했다. 나는 보호자 없이 병원 생활을 해야 했다. 일단 혈액이 부족하고, 혈액 속에 혈소판과 적혈구가 부족하여, 온몸에 멍이 들고, 어지럽고, 아프고, 전혀 걷지도 못했다. 아들이 고3, 딸이 고2일 때다.

아이들 공부로 가장 중요한 시기에 엄마가 병원에 입원해 있었다. 아무도 면회가 되지 않는 무균실에서 무슨 생각을 하고 버텨왔는지 지금은 생각도 나지 않는다. 아이들은 자기들이 스스로 알아서 새벽밥을 해 먹으며 학교에 다녔다. 우리 아이들은 그때 더 단단해진 것 같다. 어려움을 일찍이 겪어서인지 철도 빨리 들고, 엄마와 가족에 대한 사랑이 남다르다. 나의 자랑스러운 후원자는 우리 아들, 우리 딸이다. 내가 이번 여행을 계획할 때 누구보다도 적극적으로 지원해 줬다.

오빠가 "희경이는 숨만 쉬어줘도 고마운데…." 이렇게 말한 적이 있다. 내가 늘 아팠기 때문이다. 오빠는 내가 살아 있는 것만으로도 대견한 모양이다. 나는 내가 이렇게 오래 살 줄 몰랐다. 우리 엄마를 닮아 엄마처럼 일찍 죽나 보다 생각했다. 언제 죽어도 여한이 없다고 입버릇처럼 말했다. 지금 나는 보너스 같은 삶을 사는 것이다. 보너스가 너무 과한가. 이 모든 것을 가능하게 한 것은 말할 것도 없이 걷기다. 걷기가 신체적 건강과 삶의 태도를 바꿔 놓았다. 나는 말하고 싶다. "걷는 것이 힘이다."

학교까지 왕복하여 걷고 돌아다녔더니 피곤했는지 한두 시간은 곤히 잘 잤다. 씻고 자야 할 텐데, 생각하고 뭉그적거리다가 일어났다. 이를 닦고 세수를 하고, 밤 열 시에 다시 노트북을 켰다. 이번 여행의 목적은 영어 공부였는데, 나는 글쓰기에 더 빠져 있는 것 같다. 현실에서 좀 벗어나 있으니 좀 더 감성이 살아나고 글이 술술 잘 써진다. 그래서 여행이 좋고 필요한 것 같다.

날씨가 흐린 몰타는 또 다른 분위기를 연출한다. 차분하고 고즈넉하며 아름답다. 내 표현력이 이것밖에 안 되는 것을 한탄한다. 등굣길의 몸은 가볍고 마음은 즐겁다. 해안을 따라 걷는데 바람이 불어 바닷물이 힘차게 출렁이고, 파도가 치는 것을 볼 수 있었다. 물이 차가울 텐데 수영하는 사람들도 많다. 나는 핸드폰을 꺼내 셀카를 찍어 댔다. 바다도 좋고, 내 모습도 좋다.

딸과 엄마

∞∞∞∞∞∞

몰타 어학연수 3주 차, 나는 두근거리는 마음을 품고 이탈리아로 떠났다. 로마 여행 중 처음으로 한국 친구와 함께 방을 쓰게 되었다. 엄마같이 나이 많은 아줌마가 와서 귀찮게 말 건다고 할까 봐 알아서 긴다. 가볍게 눈인사만 하고 내 할 일만 했다. 그쪽도 누워서 랩톱으로 동영상을 보는지 눈인사만 한다.

나는 오늘 하루 정말 많이 걸었다. 확인해 보니 3만 2천 보를 걸었다. 최고 기록이다. 발바닥도 아프고 하여 씻지 않고 누웠다. '에고, 편하다!' 하고 한 시간 정도 눈을 붙인 것 같다. 노트북을 켰다. 오늘 본 것, 들은 것, 느낀 것이 시간이 지나면 그냥 흘러 지나갈 것이 걱정되어 조바심이 났기 때문이다.

아홉 시쯤 앞 침대 룸메이트가 씻으러 나간다. 나도 컴퓨

터를 끄고 씻을 준비를 한다. 그 친구가 씻고 들어오는데 키가 아주 크고 멋졌다. "어머, 키가 정말 크네요. 모델이에요?" 했다. 그렇단다. 나도 씻고 와서 "이야기 좀 나눠도 될까요?" 하고 조심스럽게 말을 건넸다. "네." 하고 대답하는데 목소리가 아기 목소리이다.

"내일 일정이 어떻게 돼요?" 하자, 자기는 일 때문에 왔는데 기다리는 사흘 동안 관광을 했단다. 모델 일로 유럽 각지를 많이 다닌단다. 스물다섯 살이라고 하는데 나의 아이들이 나이가 많아서인지 아기 같다고 생각했다. 그녀는 어려서부터 모델 일을 하였다고 한다. 그래서인지 의젓하고 속이 깊은 것 같다. 여행 중 만난 60대 여인과 25세인 이 멋진 모델 친구는 예기치 않게 많은 대화를 하게 되었다.

내가 살아온 이야기와 여행 오게 된 동기를 말했다. 그 친구가 나를 대단하다고 칭찬해 준다. 사실 자기는 낮에 엄마와 통화하고 계속 마음이 편치 않았다고 했다. 엄마가 자기를 이해해 주지 않아 속상해하고 있었단다. 일하러 온 건데 엄마는 딸이 놀러 다니는 것으로 생각한단다. 엄마도 데리고 가지 않고 혼자 간 것을 원망하신단다. 엄마가 자기를 너무 의지하는 것이 부담스럽다고 한다.

그녀는 엄마와 딸과의 관계가 언제까지 이런 식으로 이어져야 하는지를 생각하고 있었단다. 엄마가 자기를 너무 의지하는 것에 부담을 느끼고 지쳐 있는 것 같았다. 혼자 여행 온 다른 친구들과 이야기해 보면 모두 다 자기 삶을 사는데 자기는 그렇지 못하다고 한다. 엄마 나이가 마흔여섯이란다. 혼자서 오빠와 두 남매를 키우셨단다. 지금 자기 나이에 엄마가 아들딸 둘을 낳아 기르셨다고 했다. 그녀는 아마 어린 나이에 모델 일을 하며 가장 노릇을 했나 보다.

나도 어려운 시기에 우리 아들딸에게 많은 것을 의지했기 때문에 그녀의 엄마가 이해되었다. 살아가는 일이 이렇게 속을 들여다보면 아픔이 있다. 우리는 낯선 여행길에서 낯선 사람으로 만나 서로 말 한마디 걸기가 어색한 사이였다. 그러나 그날 밤 우리는 어디 가서 쉽게 할 수 없는 이야기를 많이 했다. 요즈음 이런 경험을 하기란 쉬운 일이 아니다.

최근에 내 주변의 사람들을 보면 부모가 자식에게 못 해 주어 난리다. 어떻게 하면 자식에게 더 줄까를 생각하는 사람을 많이 본다. 자식이 어떡하면 부모님께 무엇을 더 드릴까 생각하는 것은 거의 보지 못했다. 요즘 보기 드문 케이스라 그녀의 어려움을 짐작하고도 남았다. '착한 아이 콤플렉스'가 있는 것 같다고 하니 정말 그렇단다. 좀 더 자기만을 위하고 이기적으로 살고 싶다고 한다. 그녀는 자식 입장에서, 나는 부모 입장에서 늦은 밤까지 많은 이야기를 나누었다. 부디 그녀의 인생의 무게가 가벼워지기를 바란다.

사실 나도 혼자서 두 아이를 키우면서 어려움이 많았다. 아이들 역시 어려움이 많았을 것이다. 제일 큰 어려움이 경제적인 어려움이었다. 그래서 우리 아이들은 어려서부터 욕망을 억제하는 데 익숙한, 우울한 청소년 시절을 보냈다. 그것은 내가 가장 가슴 아프게 생각하는 부분이다. 일찍 철이 든 아이들은 어려운 현실을 받아들이고 엄마를 걱정하지 않게 하는 것이 최선이었을 것이다. 고맙기도 했지만 가슴 저리는 일이다.

예진이가 대학원에 다니면서는 나에게 경제적인 도움을 많이 주었다. 그 덕분에 나는 약간의 여유도 생기고 자식 키운 보람도 느꼈다. 그러나 그것도 잠깐, 언제까지나 내 옆에 있을 거라 생각했던 예진이가 남자친구가 생기고 결혼하겠다고 했을 때 나는 큰 충격을 받았다. 예진이가 항상 내 곁에서 나를 도와주리라 생각했었나 보다. 이제 돈도 벌어 나를 부양해주고, 내가 생계 걱정을 하지 않아도 될 줄 알았는데 결혼하여 나의 곁을 떠난단다. 나의 고생은 언제 끝나는 것인지, 사실 나는 그날 좀 두려웠던 것 같다. 그래서 결혼하는 예진이의 마음을 가볍게 해주지 못했다.

어쨌든 예진이는 결혼을 했고, 나는 지금까지 잘 살아오고 있다. 우리의 노후를 자식에게 맡길 수 없다. 예전 같으면 자식이 부모를 책임지고 부양할 의무가 있었다. 부모들은 당당히 자식에게 부양을 강조하기도 하였다. 그러나 지금 시대에는 자식에게 기댈 수 없다. 그런데도 요즈음 같은 시대에 그녀처럼 부모 때문에 또는 가정적인 문제 때문에 힘든 젊은이들이 많다. 그녀와의 대화는 내게 많은 것을 생각하게 했다. 딸과 엄마의 관계에 대해서….

내가 이혼 후 혼자 아이들을 키우며 가장 걱정했던 것이 아이들을 결혼시키는 것이었다. 아이들이 어릴 적에도 나는 아이들을 결혼시킬 일을 걱정했었다. 왠지는 모르겠으나 키우고 공부시키는 일은 혼자 할 수 있을 것 같았다. 그러나 결혼은 다르다고 생각했다. 아직 아이들이 어릴 적에도 다른 사람 결혼식에 가면 늘 마음이 무거웠다. 나 혼자 아이들을 어떻게 결혼시킬지 걱정했다. 아빠 없이 나 혼자 결혼식을 해야 한다는 것은 두려움 그 자체였다. 드디어 그 순간이 온 것이다. 사위 될 사람을 만나는 것, 사돈과 상견례를 해야 하는 것, 모든 게 걱정이었다.

나는 늘 씩씩하고 겁이 없는 사람이다. 그러나 그땐 그렇지 못했다. 지금 생각하니 결혼식 때 일가친척과 나를 아는 모든 사람에게 "나는 혼자예요. 나는 이혼했어요."라고 공식적으로 알리는 것이 두려웠던 것 같다. 예진이 결혼식장을 정할 때 신부 측 하객이 몇 명이나 되는지를 헤아려야 했다. 남편 가족도 없고, 남편 친구도 없고, 남편 지인도 없다. 겨우 내 형제자매와 내 사촌 형제자매, 그리고 친구 몇 명. 아무리 헤아려도 30명이 채 안 된다. 나는 좀 쓸쓸했고, 세상 헛살았구나 하는 생각도 들었다. 사실 요즘 유행하는 작은 결혼식을 하고 싶었다. 그러나 사돈 생각도 해야 하고, 작은 결혼식 비용이 훨씬 더 든단다.

나는 예진이가 결혼할 즈음에는 많이 달라져 있었다. 마음을 단단히 먹어야 했기 때문이다. 나의 자랑스러운 딸이지만 그를 놓아주어야 했다. 예진이의 삶을 살아갈 수 있게 나와 분리하는 것은 쉽지 않았지만, 나는 혼자 아이들을 훌륭히 키운 자랑스러운 엄마다. 더 당당히 혼자 세상을 향해 나아가야 한다고 마음먹었다. 예진이 결혼 상견례도, 결혼식도 잘 치렀다. 내 인생의 한고비를 또 넘긴 것이다.

아들과 살기 싫어

≈≈≈≈≈≈

나는 원래 아들과 둘이 살기는 싫었다. 딸이 결혼하기 전에는 셋이서 별생각 없이 살았는데 딸이 결혼한 후 아들과 둘이 살게 되니 신경이 쓰였다. 홀어머니와 외아들에 대한 사회의 편견이 싫기도 했다. 홀어머니가 아들에게 지나치게 의지하고 그런 엄마 때문에 아들도 엄마로부터 자유롭지 못하다는 건 일반적인 편견이기도 하고, 실제 그렇기도 하다.

많은 경우, 고부간의 갈등이 홀어머니가 혼자서 아들을 키웠을 때 더욱 심하다. 오직 아들 하나 바라보고 산 홀어머니가 아들에 대한 집착이 심하여 '내가 너를 어떻게 키웠는데' 하면서 아들을 놓아주지 않으려고 하기 때문이다. 아들에게 가장 중요한 사람이 그의 아내가 되어야 하는데, 엄마가 그 자리를 내어주지 않으려 한다.

나는 누가 그런 말을 직접적으로 나에게 하지도 않았는데 아들이 어렸을 때부터 그런 것에 신경을 썼다. 내가 그런 홀시어머니가 될까 봐 걱정하였다. 나는 아들과 죽이 잘 맞는다. 농담도 잘하고 대화도 잘된다. 그래서 더 걱정이다.

엄마들이 가장 하고 싶은 것이 아들과 둘이서 여행 가는 것이라고 말하는 걸 들은 적이 있다. 교회에서 다 큰 아들의 손을 꼭 잡고 예배드리는 엄마들을 본 적도 있다. 아들을 군대에 보내 놓고 핸드폰을 손에서 놓지 못하고 오매불망 전화가 오기만을 기다린다. 나는 이런 것들을 다 싫어한다. 나는 절대 그러고 싶지 않다.

나는 아들을 어떻게 키웠는가? 어떻게 키우긴 어떻게 키워, 그냥 막 키웠지. 나는 오히려 아들을 막 키웠다. 아들이라고 더 떠받들어 준 것도 없다. 그러니 아들보고 나 책임지라고 할 수 없다. 아들을 빨리 독립시켜 내보내려고 했다. 늦어도 서른다섯에는 따로 살아야 한다고 생각하였다. 병국이 서른다섯이면 내년이다. 사실 어디 가서 내 나이 말하는 것보다도 아들의 나이 말할 때 더 민망하다. 아들이 서른넷이라고 하면 징그럽게 느껴진다.

아들은 장가도 가지 않겠다고 하고 독립할 생각도 안 한다. 나도 결혼하라고 독촉하지 않는다. 하든 안 하는 본인의 선택인 것이다. 병국은 퇴근하면서 엄마인 나에게 전화를 한다.

"지금 일 끝났어요. 들어갈게요." 거의 매일 같은 얘기이다. 나는 사실 그것도 싫다. 마마보이 같아서 싫다. 아들이 전화하는 게 싫은 것이 아니라 남들이 보기에 아들과 너무 밀착되어 있다고 보는 것이 신경 쓰인다. 왜 나는 남의 이목을 이렇게 신경 쓰는지 알 수 없다. 나는 아들의 삶에 간섭하지 않는 쿨한 엄마이고 싶은 것이다.

아들은 주말에 청소기와 세탁기를 돌려주고 재활용 분리수거를 해준다. 평일에는 아침 일찍 나가기 때문에 내가 침대에 누워 있을 때 회사 다녀오겠다고 인사를 하고 출근한다. 그러고는 내가 일과를 다 마치고 늦은 시간 TV를 보고 있을 때 들어온다.

식사를 밖에서 하기 때문에 같이 밥 먹는 횟수가 일주일에 네 번뿐이다. 토요일 아점과 저녁, 일요일 아점과 저녁. 최대한 성찬을 차려서 먹으려 하지만 그것도 각자 친구와 약속이 있거나 외식을 하면 일주일에 두 번 정도 같이 식사를 한다. 서로의 생활에 대해서 불만은 없다. 가끔 맥주 한잔하며 이런저런 이야기를 나눈다. 우리는 격의 없이 자유롭게 대화를 많이 하는 편이다.

아들이 퇴근하고 돌아오면 일단 강아지 구르미가 흥분한다. 펄쩍펄쩍 뛰며 아들을 반긴다. 병국은 구르미를 안아주고 구르미가 아들의 얼굴을 핥아주고, 격하게 서로 인사를 나눈다. 구르미와 공을 던져 주며 잠깐 노는 것이 우리 집의 가장 활기찬 시간이다. 나도 온종일 말 상대가 없었으니 묻지도 않은 일과 보고를 한다. 듣거나 말거나. 오늘 누구를 만났고 어디를 갔다 왔는지, 기분이 어떤지를 말한다.

나는 아들에게 속마음을 다 표현하는 편이다. 몸 아픈 것을 아이들에게 말하지 않는 부모가 많다. 아이들 걱정시키지 않으려 그러는 것이다. 그러나 나는 다 표현한다. 나는 환자로 오랫동안 살았기 때문에 늘 아프다 소리를 달면서 과보호를 받았다. 대신 아들이 없을 때는 10킬로그램의 사과 박스를 번쩍 들어 올린다. 병국이 "엄마 이거 어떻게 들었어요?" 그런다. "너 없을 때는 힘이 세." "아, 그렇구나." 우리는 쿵짝이 잘 맞고 서로에게 불만이 없다. 아들도 회사에서 있었던 일이나 친구와 있었던 소소한 일상 이야기를 나에게 해준다.

본격적으로 이 책을 준비하면서는 아들과 할 말이 많아졌다. 처음에는 아들에게 내가 쓴 글을 보여주기 쑥스러웠다. 문예창작을 전공한 아들은 글을 쓰지 않고 밥벌이로 IT 개발자를 하며 회사에 다니고 있다. 그렇게 글을 쓰고 싶어 했는데, 어느 날 엄마가 글을 쓰고 출판을 한다고 하니 아들은 살짝 자괴감이 들었을 것이다.

가끔 소파에 마주 보고 앉아 "엄마 글 한번 볼까." 그런다.

인심을 써서 관심을 가져주는 것이다. 아들에게 글을 공개하는 건 민망한 일이다. 가까운 가족이나 친구에게 나의 글을 공감시키기는 어려운 일이라고 생각해 왔다. 나를 속속들이 잘 안다고 생각하는 사람들은 나의 글을 위선이라고 부정적으로 생각할 수도 있다. 못 이기는 척하고 하나를 보여준다. "어때? 좀 그렇지?" 나는 자신 없이 아들의 반응을 기다린다. 나는 숙제 검사를 받는 아이처럼 가슴이 떨렸다.

아들은 내심 놀라는 것 같다. 엄마가 이런 글을 쓴다고? 잘 쓴다고 칭찬을 해준다. "엄마, 이런 일이 있었어? 엄마가 우리나라 이혼에 봇물을 텄다고?" 하며 웃는다. "엄마에 대해 몰랐던 것이 많았네." 그러나 별로인 것은 가차 없이 지적질을 한다. 나도 뭔가 어색하다고 생각했던 부분들은 여지없이 꼬집어 준다.

그러나 삼십 대 중반의 남자와 육십 대 여자의 감성이 같을 수는 없다. 우선 세대 차이를 좁히기 어렵다. 아들은 내가 어렵게 쓴 글을 통째로 날리라는 것이다. 구태의연하여 후지다는 것이다. "이것 쓸 때 어려웠지? 모르는 거 쓰는 거 아니야. 아는 것으로 자신 있게 잘 써." 아들은 좀 더 임팩트 있고 신랄하게 쓰길 바랐다. 글이 너무 밋밋하다는 것이다.

나는 밋밋한 게 아니라 잔잔하다고 우긴다. 잔잔한 게 우리 정서에 맞는다. 내 말이 옳다고, 삼십 대 남자가 이 글을 몇 명이나 읽겠느냐고 아들의 조언을 받아들이지 않았다. 그러나 나는 아들과의 이런 대화가 좋았다. 우리는 밤늦도록 대화를 나눈다.

아들은 나의 쉐어 하우스메이트이다. 모자지간보다 하우스메이트라서 좋다. 이 정도가 딱 좋다. 각자 더 나은 하우스를 마련하면 미련 없이 떠나가는 거다.

사위 사랑은 장모?

※※※※※※

예진이가 결혼하고 처음 맞는 추석이었다. 추석 당일은 시가에서 보내고 그다음 날 온다고 했다. 나는 단출한 살림을 하고 살아서 명절에 제사 음식이나 명절 음식을 거하게 준비하지 않는다. 그러나 사위를 보고 첫 명절이다 보니 신경이 쓰일 수밖에 없었다. 갈비도 재우고, 잡채와 부침개도 하며 부산을 떨었다. 다음 날, 예고도 없이 예진이가 "엄마, 나 왔어." 하면서 해맑게 웃는 표정으로 현관에 들어섰다. "기용이는?" 하고 물으니 그냥 혼자 왔단다. 하도 밝은 표정이어서 사위는 좀 있다 오겠지 했다. 우리는 오랜만에 세 식구가 오붓하게 밥을 먹었다.

저녁을 먹은 후 예진이가 결혼 전에 즐겨 했던 퍼즐 맞추기와 빙고 게임을 하며 즐겁게 보냈다. 밤이 늦었는데도 사위는 오지 않았다. 나는 걱정이 되어서 예진이를 다그쳤다. 무슨 일 있었느냐고. 예진이는 신랑이 삐져서 대전 시가에도 저 혼자 다녀왔단다. 시어머님도 걱정이 되니 빨리 가보라고 하여 바로 왔단다. 아니, 남편도 안 가는 시댁을 혼자 다녀왔다니 기가 막혔다. 그것도 결혼하고 처음 맞는 명절에. 나는 어이없고 화가 났다. 그런데 예진이는 별일 아니라고 나를 진정시켰다.

다음 날 아침, 예진이가 깨기 전에 사위에게 전화를 했다. 안 받는다. 여러 번 했지만 받지 않았다. 나는 대전의 안사돈에게 전화했다. 어제 무슨 일 있었느냐고 물었다. 사위가 오지도 않았고 전화를 받지 않는다고 말했다. 안사돈은 미안해 어쩔 줄 모르며 자기가 아들에게 전화해 보겠다고 했다. 한참 지난 후 내가 다시 전화했다. 안사돈의 전화도 안 받는단다. "무슨 이런 일이 다 있나요. 저요, 다시는 기용이 안 봅니다." 하고 전화를 끊었다. 나는 화가 나서 하지 말아야 할 말을 너무 극단적으로 쏟아냈다.

예진이는 아침밥을 먹고 아무렇지도 않다는 듯 송도에 놀러 가자고 하였다. 송도 앞바다에서 산책도 하고 근처 카페에 앉았는데, 나는 더 이상 참을 수가 없었다. 사람 많은 카페에서 소리를 질러대며 예진이를 다그쳐 무슨 일이 있었는지 물었다. 예진이는 별일 아니라며 엄마가 신경 안 써도 된다고, 참으라고 나를 말린다. 나는 별일 아니니 빨리 말하라고 소리쳤다. 예진은 자기가 말실수로 시댁에 대해서 안 좋게 이야기해서 남편이 화가 났다는 것이다.

나는 당장 딸네 집으로 출발했다. 엄마가 하도 펄펄 뛰니 예진이가 걱정이 되어 어쩔 줄을 모른다. 가는 도중 예진이는 신랑에게 전화하여 엄마와 같이 집으로 가고 있다고 알렸다. 내가 현관에 들어섰을 때는 참으로 가관이었다. 사위는 소파 한쪽에 앉아 나에게 인사도 안 한다.

내가 숨을 가다듬고 사위에게 "무슨 일인지 말해봐." 차분하게 물었다. "야, 예진이 니가 말해. 니가 어떻게 했는지." 사위가 그런다. 예진이는 울면서 "내가 잘못했다고 했잖아. 그런데 어른 앞에서까지 이렇게 해야겠어?" 했다. 다시 들어봐도 예진이가 말실수한 것은 맞았다. 사위는 고자세로 꼼짝 않고 앉아 있고, 예진이는 울고 있는 상황이다. 나는 예진이에게 "짐 싸. 너 이런 사람이랑 살 수 있어?" 단호하게 말했고, 예진이는 내 말을 따라서 짐 몇 가지를 싸가지고 나왔다. 우리 집으로 다시 왔다. 엄마 집에서 편하게 쉬며 전화도 받지 말고 내버려 두라고 일렀다.

나는 같이 있기 싫어서 집을 나왔다. 밖에서 친구를 만나 넋두리를 했다. 내 딸이 결혼하여 울고 있는 것이 너무 싫었다. 예진이의 결혼 생활만큼은 이상적이고 순탄하기를 바랐다. 같이 있어 준 친구는 결혼 생활 속에 늘 있을 수 있는 일이니 너무 신경 쓰지 말라고 나를 달랬다. 몇 시간 후 예진이에게서 전화가 왔다. 사위가 엄마에게 사과하러 집으로 왔다는 것이다. 나는 "알았어. 기다려." 그러고는 저녁이 다 되어서 들어갔다.

예진이와 사위가 내 앞에 앉아 잘못했다고 한다. 뭘 잘못했느냐고 내가 따져 물었다. 대답을 얼버무린다. 나는 예진이를 향해 큰 소리로 말했다. "예진아, 너 결혼해서 시댁이 어쩌구저쩌구 하며 울고불고 시시하게 살려고 결혼했니? 다른 사람의 모범이 되고 사회에 공헌하면서 살라고 했지." 일장 연설을 하며 예진이를 나무랐다. 사위는 머리를 숙이고 앉아 있었지만 태도가 마음에 들지 않았다. 나는 예진이를 따로 불러 말했다. "나 쟤 태도 맘에 안 든다. 너 쟤랑 살 수 있겠어?" 예진이가 울면서 말한다. "나도 맘에 안 들어. 하지만 지금 이혼하기는 싫어." 나는 두말하지 않고 그들을 보냈다.

딸의 신혼 초에 이런 일을 겪고 나니 나는 사위에 대하여 마음을 열기가 쉽지 않았다. 별일 없었다는 듯이 오랜 시간이 흘렀다. 사위는 간간이 나에게 안부 전화를 하였고, 같이 외식도 하고, 때마다 용돈도 주었다. 시간 맞추어 나의 집을 방문하였다. 올해는 손녀딸을 낳아 나를 할머니로 만들어 주었다. 특별나게 나무랄 것 없는 사위이다.

그 뒤로 언젠가 사위에게서 전화가 왔다. "장모님, 시간되시면 저희 회사 앞으로 한번 오세요, 제가 저녁 사드릴게요." 그런다. "정말? 오라면 진짜 간다." 나는 기뻤다. 사위와 단둘이 데이트하고 싶었다. 그 전에는 한 번도 없던 일이었다. 나는 사위와 어떤 실마리를 풀고 싶었다. 불편한 마음을 없애고 싶었다. 무슨 말을 먼저 꺼내야 할까. 나도 나름 신경이 쓰였다.

내 딸과 결혼하여 꽤 오래 살았는데도 사위가 내 새끼 같지는 않았다. 나도 어려웠다. 오죽했으면 사위를 백년손님이라 했겠는가. 사위는 너무나 순수한 젊은이다. 직장에서 성실하고 목표가 뚜렷하다. 무엇보다 내 딸을 사랑하고, 가장으로서 자상한 남편이자 아빠이다. "저희 셋은 아주 재미있고 행복해요." 사위가 말했다. 나는 그 말이면 족했다. 더 무엇을 바라겠는가. 나는 그 말 한마디로 모든 것이 풀렸다.

사위를 만난 후 나는 생각이 많아졌다. 그동안 나는 그날 있었던 일을 어떻게든 풀어보려고 했다. 사위가 "장모님, 그때 제가 죄송했어요. 다시는 그런 일 없을 거예요."라든지, "장모님, 옛날 일은 다 잊으세요. 그날 제가 뭐가 씌웠었나 봐요."라든지 했으면, "어, 그래. 괜찮아. 신혼 때 있을 수 있는 일이지." 라고 말해주고 싶었다. 그런데 이야기가 그렇게 돌아가지 않았다.

그러다가 나는 아차, 싶었다. 나는 아직 신혼인 그들, 특히 나와 다르게 살아온 사위를 제대로 품어주지 못했다. 장모인 내가 나서서 일을 망친 것이다. 모든 것을 당사자에게 맡기고 좀 기다려 줬으면 둘이 알아서 해결했을 것이다. 결혼해서 양가의 문화가 많이 다르기 때문에 그것을 받아들일 시간이 필요했던 것이다.

우리 집은 엄마와 자식 간에 편안하고 격식 없이 지내는 편이다. 대화가 자유롭고 개방적이라고 할까. 반면 사돈댁은 말씀이 적고 조용한 분위기인 것 같다. 예진이가 시가에 가서 힘들었던 부분도 이런 것이었다. 서로 자기 집안에 대해서는 예민한 것이다. 예진이가 말실수를 하였더라도, 엄마인 내가 좀 더 생각이 깊었더라면 둘이 해결하게 기다려 줬어야 했다. 그렇게 극단적으로 안사돈과 사위에게 무례를 범한 것이 너무 죄송하고 부끄러웠다.

어른이 간섭하고 지나치게 참견하여 갈등을 겪는 젊은 부부들이 많다. 나는 그런 사람들을 흉보면서 무관심이 제일 좋은 부모 노릇이라고 말해왔다. 내가 바로 그런 사람이면서 말이다. 신혼 초에 호되게 홍역을 치른 것이 오히려 다행이다.

사람들은 흔히 "사위 사랑은 장모"라고 한다. 내 딸에게 잘해주기를 바라던 옛 장모들의 바람이 응축된 말이었을 것이다. 그러나 저 말도 사실 촌스럽다. 장모가 대체 뭐가 중한디? 둘이 서로 좋아서 잘 살면 되지, 장모 사랑이 뭐가 중요하단 말인가.

그리고 옆에서 3년간 지켜보니, 예진이의 선택이 틀리지 않았다는 것도 잘 알겠다. 기용은 그 누구보다도 예진의 마음을 잘 읽어주고 이해해주는 건 분명하다. 여전히 장모인 내 마음을 읽는 덴 서투르지만…. 내 마음은 읽어도 그만, 못 읽어도 그만이다. 서로 마음 편하게 해주는 부부가 제일이지, 다른 뭐가 중하단 말인가.

사랑하는 내 사위 기용아. 그리고 내 딸 예진아.
너희 두 사람이 손을 맞잡고 사랑스러운 눈빛을 주고받으며 연애하는 모습을 엄마는 흐뭇한 마음으로 지켜보았다. 그 반짝이는 눈빛이 영원하길 바라며, 이제부터 마음껏 행복하렴.
축하한다.

예진이 결혼에서 내가 했던 축사다. 다시 한번 상기하며 딸의 결혼 생활을 축복한다.

혼잘잘

나는 한때 유튜버를 꿈꿨다. "혼잘잘. 혼자서 잘 놀고 잘 산다."는 컨셉으로. 나에게는 그런 콘텐츠가 충분하다고 생각했다. 마이크, 카메라 거치 삼각대, 조명 장비 등을 장만했다. 고품질 영상을 위하여 전문가처럼 암막을 치고 반사경을 두었다. 나는 거창하게 방 한 칸을 촬영실로 만들었다. 혼자 보내는 내 일상을 찍어서 업로드할 생각이었다.

"안녕하세요. 혼자서 잘 놀고 혼자서 잘 사는 '혼잘잘'의 박희경입니다. 오늘은 제가 혼자서 어떻게 노는지를 보여드리겠습니다." 카메라 앞에서 여러 번 찍고, 돌려 보고를 반복했다. 대본 없이 생각나는 대로 자연스럽게 찍기도 하고, 대본을 쓴 다음 보면서 찍기도 했다.

찍는 것도 재미있지만, 찍은 영상을 보는 것도 재미있다.

특히 아침 출근길 운전을 하면서 촬영하는 것이 재미있다. 카메라를 자동차 핸들 뒤쪽에 고정해 놓고 옆에 누가 있는 것처럼 이야기를 하는 것이다. 출근길 교통 상황도 중계하고, 교통체증으로 길이 막히면 다른 사람의 운전 행태를 고발한다. 브이로그로 그날의 생각이나 기분을 말하면서 혼자 아무 말 대잔치를 하면서 노는 것이다.

그러다가 기사를 아나운서처럼 읽는 일명 아나운서 놀이에 빠진 적도 있다. 그 놀이는 오랫동안 계속되었다. 30년만 젊었으면 아나운서에 도전하는 건데…. 이것은 다른 사람이 있으면 절대 할 수 없는 혼자만의 놀이다. 실제로 유튜브에 업로드하지는 못했다. 정기적으로 꾸준히 해야 하는데, 취미로 그렇게 하기는 어려웠다. 나는 재미있지만 다른 사람이 보기엔 그다지 재미있을 것 같지는 않았다. 신선하고 자극적인 것을 원하는 시청자들의 눈높이에 못 미친다는 것을 안다. 하지만 찍어 놓은 영상은 많다. 일기장처럼 심심할 때 혼자 보면 재미있다.

어떤 하루는 책을 낭독하면서 보낸다. 이번엔 카메라 없이 스마트폰의 녹음기를 이용하여 책을 낭독한다. 처음에는 나의 목소리가 어떤가 하여 시도해 보았다. 나는 목소리가 좋다는 소리를 많이 듣는다. 특히 전화 목소리가 좋다고 한다. 하지만 기계를 통해서 나오는 나의 목소리를 듣는 게 생각만큼 좋지는 않다. 분위기 있게 저음으로 깔아보기도 하고, 고음으로 경쾌하게도 해본다.

요즈음 오디오북이 많으니 성우를 해보면 어떨까 생각도 해봤다. 이 나이에 하고 싶은 게 이렇게 많아서 어쩐다? 돌아가신 아버지의 책 『빛나는 황혼』을 한 권 전부 낭독하여 녹음했다. 『빛나는 황혼』은 아버지 살아 계실 적에 관심도 없고, 읽어보지도 않던 책이었다. 아버지가 지금의 내 나이일 즈음에 나이 듦에 관하여 쓰신 글이다.

생각해 보니, 지금 내가 쓰는 이 글과 일맥상통한 책이다. 출판 당시 몇백 권은 되는 책이 분홍색 노끈에 묶여서 집 안 여기저기 쌓여 있었다. 최소한으로 제작하였으나 시중에 판매하지 못하고 거의 다 집으로 왔다. 자식인 우리들은 그 당시 나이가 어리기도 했지만, 아버지의 책 출간을 별로 달가워하지 않았다. 책 출간하신다고 우리를 너무 귀찮게 하셨기 때문이다.

몇십 년의 세월이 흘러 분가와 잦은 이사로 현재 내 책꽂이에는 단 한 권의 『빛나는 황혼』만 꽂혀 있다. 한 권이라도 남아 있어 다행이다. 나는 그 한 권이 소중하게 느껴졌다. 시간 날 때마다 낭랑한 목소리로 낭독해서 녹음했다. 돌아가신 아버지 생각도 하고, 아버지 글도 읽고, 또 녹음하여 보관할 수 있으니 좋았다. 며칠이 걸려서 완성한 녹음 파일을 들으며 뿌듯했다. 의미 있는 일을 한 것 같다.

소설 『파친코』의 영문판을 열심히 낭독한다. 영어 읽기가 유창하지는 못해 녹음은 하지 않지만, 배우처럼 감정을 넣고 소리 내어 읽기를 지칠 때까지 한다. 이것도 공부가 아니라 그냥 놀이다. 모르는 단어를 찾아 외우거나 하지 않고, 원어민이다 생각하며 폼 잡고 마구 읽어댄다. 한글판을 읽었기 때문에 스토리가 이해되니 너무 재미있다.

그러면서 혼자 논다. 스마트폰 앱으로 게임처럼 영어 단어 외우기, 영어 문장 만들기도 재미있는 놀이다. 두세 시간은 금방 지나간다. 작년에 이 게임 챌린지를 달성하여 여러 장의 상장도 받았다.

머리 쓰지 않고 시간 보내기 좋은 것이 하나 있는데, 그것은 직소 퍼즐 맞추기다. 가로세로 그림 맞추는 퍼즐인데 300피스, 500피스, 1,000피스 등이 있다. 나는 주로 고난도 1,000피스를 즐긴다. 아마추어들은 며칠 몇 주가 지나도 완성하기 어려운데 프로인 나는 하루에 1,000피스를 다 맞춘다. 일단 잡념 없이 시간 보내는 데 좋다. 아무 생각 없이 시간이 정말 잘 간다. 예전에는 나가서 스트레스를 받고 오면 무조건 퍼즐을 펼쳐 놓았다. 요즈음에는 놀 일이 많아져서 좀 뜸하게 한다.

밥도 역시 혼자 먹는다. 난 혼자서도 잘 먹는다. 혼자라도 자기를 위하여 진수성찬을 차려 놓고 거하게 먹는 사람도 있다지만 나는 그러지 않는다. 될 수 있는 대로 간단하게 조리한다. 주로 밥과 김치, 멸치, 김이 기본이다. 국물이 필요하다 싶으면 된장찌개를 끓이고 단백질이 부족하다 싶으면 계란 프라이를 하거나 고기를 한 덩이 구워 먹는다. 야채는 많이 먹을수록 좋으니 파프리카, 오이, 상추, 아삭이 고추 등을 생으로 아귀아귀 먹는다. 혼자라서 입맛이 없거나 밥맛이 없어서 못 먹은 적은 없다. 반대로 일 때문에 사람을 만나서 밥을 먹게 되면 나는 많이 힘들다. 편하지가 않다. 집에서 편하게 혼자 먹는 밥이 제일이다.

일을 마치고 돌아왔을 때, 아무도 반겨주는 이 없는 컴컴한 집에 들어서는 것이 혼자 사는 사람의 가장 힘든 점이라고 한다. 쓸쓸함이 확 느껴지는 시간이다. 그 문제는 간단히 해결할 수 있다. 강아지를 키우면 된다. 언제라도 격하게 반겨주기 때문에 쓸쓸함은 느낄 수 없으며, 하루의 피로를 한 순간에 다 풀어준다. 근심 걱정 없는 강아지를 보면 대리 만족이 된다. 너라도 편안하니 됐다, 이런 마음이다. 산책은 혼자 하지 않는다. 강아지와 한다. 나가자면 무조건 좋아하는 강아지와 동무 삼아 동네 한 바퀴를 돈다.

『트렌드 코리아 2023』에서 제일 먼저 언급한 주제가 '나노 사회'이다. 즉 다가올 미래 사회의 키워드가 '혼자'라는 것이다. 빅데이터의 알고리즘에 의하면 혼밥, 혼술, 혼영, 혼삼겹 등 혼자와 관련된 키워드가 36가지나 된다고 한다. 전문가들은 시간이 지날수록 그 숫자는 많아질 것이라 예상한다. 우리가 원하든 원치 않든 사회 변화의 흐름은 개인이 중요시되며 '나 혼자 사회'가 되어가고 있는 것이다. 이것을 좋다 나쁘다로 정의할 수 없다. 나는 항상 첨단을 걷는다. 나는 미래에 먼저 와 있는 셈이다. 난 이미 혼자에 익숙하고 혼자 잘 논다.

다시 태어나면 딴따라로

♪♪♪♪♪♪

20대 때 제일기획의 직원으로부터 탤런트 해보는 거 어떻겠느냐는 제안을 받은 적이 있었다. 그 당시 잘나가던 탤런트 허수경과 닮았다는 것이다. 나는 고민도 하지 않고 거절하였다. 무슨 딴따라야, 우리 집안이 어떤 집안인데. 그때만 해도 연예인을 딴따라라고 좋지 않게 생각했다.

지금 그 이야기를 하면 아무도 믿지 않는다. 웃기는 이야기다. 우리 집안이 대단한 집안도 아닌데 어떤 집안은 어떤 집안이야, 그냥 가난한 집안이었지. "그때 딴따라를 했어야 했어." 내가 우리 아이들에게 우스갯소리로 늘 하는 이야기다. "아깝다." 우리 아들이 그런다. 요즈음 끼 많고 재능 많은 연예인들을 보면 부럽다.

특히 얼굴 하얗고, 예쁘고, 노래 잘하고, 춤 잘 추는 아이

돌 김희철이 부럽다. 반주 1초만 듣고도 어쩜 그렇게 노래를 잘 맞히는지. 그의 순발력과 재치가 부럽다. 자기의 끼를 마음껏 부리며 노래하고 춤추며 까불면서 돈 버는 것은 더 부럽다. 나는 생각한다. '다시 태어나면 김희철로 태어날 거야.'

살면서 늘 나의 재능 없음을 한탄했다. 초등학교 시절엔 노래를 잘했던 것으로 기억한다. 합창단을 했었고, 독창으로 '누가 누가 잘하나'에 나간다고 연습도 했었다. 어린 시절 친구는 희경이 하면 두 손을 맞잡고 좌우로 흔들어 가면서 여시를 떨고 노랠 잘하던 애로 기억한다. 전교생이 2교시 끝나고 운동장에 모여 포크댄스를 하는 중간놀이 시간이 있었다. 그때 내가 단상에 올라가 시범을 보이며 춤을 췄다. 그 후 나는 장래 희망이 뭐냐 물으면 망설이지 않고 발레리나라고 했다.

이렇듯 분명 어린 시절 노래도 잘했고, 춤도 잘 추었다. 사느라고 노래가 뭔지 춤이 뭔지 잊고 살다가 쉰 살 즈음에 동창회를 나가면서 처음으로 노래방에 가게 되었다. 마이크를 잡았는데 박자를 못 맞추어 시작도 못 했다. 화면에 3, 2, 1로 박자를 세어주기까지 하는데도 그것을 못 맞췄다. 음도 음치여서 친구들 앞에서 망신만 당했다.

한마디로, 나는 노래를 그렇게 못할 수가 없었다. 어? 이상하다. 이거 아닌데. 그 뒤에 심각성을 깨닫고 노래 부르는 것에 시간을 들여 노력해 봤지만 구제 불능이었다. 이제는 어디 가서 노래를 안 부른다. 춤도 마찬가지다. 한때는 발레리나를 꿈꾸던 나였는데, 요가 교실에 가면 내 몸이 제일 뻣뻣하다.

어려서는 그렇게 피아노를 배우고 싶어 했다. 초등학교 시절 방과 후, 오르간이 있는 빈 교실에 찾아가 혼자 뚱땅거렸다. 교회는 피아노가 있어서 다녔다고 하여도 과언이 아니었다. 일찍 가서 다른 사람들이 오기 전에 피아노 칠 기회를 만들었다. 지금처럼 집집마다 피아노가 있던 시절이 아니었으며, 더군다나 집에 피아노가 있다는 것은 상상도 해보지 못했다.

한 번도 제대로 배운 적이 없지만, 피아노에 간절함이 늘 있었다. 오랫동안 그랬다. 성인이 되어 처음 마련한 목돈으로 나는 주저 없이 피아노를 샀다. 그리고 처음으로 직장을 다니면서 정식으로 레슨을 받았다. 바이엘부터 시작하여 체르니 30번의 6번인가 7번에서 멈췄다. 실력이 늘지 않았던 것이다. 역시 어릴 때 배워야 했다. 나는 실망하였고 더 이상 피아노를 치지 않았다.

쉰 살 생일에 생일 선물로 화구 세트가 배달되어 왔다. 세트에는 이젤, 캔버스, 스케치북, 물감, 팔레트, 붓 등이 갖춰져 있었다. 내가 늙으면 그림을 그리고 싶다고 읊어댔더니 아들이 보내준 선물이다. 나는 당황스러웠다. 지금이 노후라고 생각하지는 않는데 조금 느닷없었다. 아무튼 나는 젊어서부터 노후에는 조용히 앉아 책을 읽거나 캔버스에 그림 그리는 것을 상상해왔다.

그래도 선물을 받은 건 정말 고마웠으니, 나는 그림을 그려야 했다. 너무 막연하여 무엇부터 할지 몰랐다. 스케치 연필로 학교 미술 시간에 배웠던 줄 긋기부터 해보았다. 미대에 다니는 조카를 불러 레슨을 받았다. 그림도 참 재미있었다. 나는 조카의 도움을 받아 수채화 몇 점을 그렸다. 나쁘지 않다. 지금도 그 작품들을 스마트폰에 찍어서 가지고 다니며 가끔 본다. 더 나이를 먹어 한가한 시간을 갖게 되면 그림을 그릴 수 있는 날이 올지 모르겠다.

하고 싶은 것은 많은데 특별히 잘하는 것은 없다. 노래도 춤도 원래 소질이 없었다. 초등학교 때 잘했다는 것으로 알 수 없다. 악기를 하고 싶은 것도 마음뿐이지 선천적인 재능이 없는 게 확실하다. 그런데도 늘 갈망했던 것은 사실이다. 그런데 뜻하지 않은 것에서 재능이 발견되었다. 글쓰기였다.

나는 학교 때 그 흔한 글짓기 대회에서 받은 상장 하나가 없다. 글을 잘 쓰고 싶다는 생각도 안 해봤다. 어느 날 우연히 내 손에 노트북이 들어와서 글을 써볼까 생각했을 뿐이다. 그리고 여행 기록이나 남기려고 시작한 작업이었다. 생각보다 잘 써졌다. 내 글을 처음 읽은 사람은 이후에 교정·교열을 의

뢰한, 내가 전혀 모르는 사람이었다. 그녀가 처음부터 끝까지 읽은 첫 독자였다.

그녀가 보내온 이메일에는 '진솔하고 유머 가득하고 따뜻한 글'이라는 칭찬이 있었다. 더 바랄 게 없었다. 진솔하고 유머 있고 따뜻하다는 이 세 마디가 너무 좋았다. 그냥 묻어두기에는 아까웠다. 나는 원래 진취적이므로 그 칭찬을 받은 뒤 이 원고를 30여 개의 출판사에 이메일로 보냈다. 기획안을 잘 만들거나 포트폴리오를 화려하게 준비한 것이 아니었다.

그런 거 없이 원고를 보냈는데, 5일 만에 연락이 왔다. 지금 이 책을 출판해 준 출판사 대표님을 처음 만난 날, 그분이 그러셨다. "글을 별로 써보지도 않으셨는데 이런 글을 쓰신다면, 작가님은 정말 천재이신 거예요." 나는 믿을 수 없었다. 숨겨졌던 내 재능이 60에 발견된 것이다. 판단은 독자가 해주시는 것이니 겸손히 기다려야겠지만. 인생 어디로 튈지 알 수 없다.

나의 취미는 도서관 투어

@@@@@@

작년 이맘때부터 나는 영어 공부를 시작하였다. 중·고등학교 시절 공부를 열심히 하지 않아 영어에 콤플렉스가 많다. 그래도 기본은 중·고등학교 학창 시절에 다져두는 것이 좋다. 그것을 이제 와서 메꾸려니 너무 어렵다. 다른 과목보다 특히 영어가 그렇다. 할 수만 있다면 영어를 유창하게 잘하고 싶다. 배움에 늦은 때는 없다는 게 나의 생각이다.

공부 안 하고 산 지 30~40년 만에 나는 공부를 시작하였다. 그것도 내가 좋아하는 공부를 한 것이 아니라 생업에 필요한 자격증을 따기 위한 공부였다. 민법, 공법, 중개사법 등 나하고는 전혀 관계가 없다고 생각되는 공부였다. 생소한 단어와 딱딱한 법률 공부는 정말 재미없고 힘들었다. 처음 시작은 쉽게 생각하고 슬슬 했는데, 공인중개사 시험은 그렇게 해서 합격하는 시험이 아니었다. 꼬박 2년이 걸렸다.

59세 나이로 공인중개사 자격시험에 합격하였고 나는 이미 공부 습관이 몸에 배어 있었다. 하루에 열 시간은 책을 볼 수 있었다. 내가 건강이 좋지 않을 때는 하루에 한 시간 정도만 책을 들여다봐도 이삼 일은 쉬어야 했다. 모든 것이 습관들이기 나름이라지만 나로서는 정말 기적에 가까운 일이다. 그래서 나는 내가 참 기특하다. 책 보는 습관을 계속 이어가려고 노력했다. 늘 손에서 책을 놓지 않으려고 했다.

2년 전 일이다. 내가 공인중개사 시험에 1차만 합격했던 해 가을, 11월에는 예진이 결혼식이 예정되어 있었다. 그리고 그다음 해 1월에는 전에 다니던 회사에 다시 나가기로 정해져 있었다. 나는 한 달 좀 넘는 기간만큼 휴식을 갖게 되었다. 공부하느라 힘들었고, 2차까지 합격하지 못하여 스트레스를 받아 잠시 쉬는 시간을 가졌다.

물론 딸 결혼 준비로 마음은 바빴지만 내가 할 일은 별로 없었다. 그때 나는 나만을 위한 좋은 시간을 보낼 수 있었다. 도서관에 가서 책을 읽고 싶다는 생각이 든 것이었다. 시간 나면 가보고 싶은 서울의 도서관을 다 다녀보고 싶었다. 아침에 일어나 출근하듯이 가방을 메고, 출근하는 사람들과 같이 버스를 타고 나의 도서관 투어가 시작되었다.

처음으로 간 곳이 서초동 국립중앙도서관이다. 거기에 갔을 때 처음 경험한 충만감을 아직도 잊지 못한다. 시간이 많아 이런 곳을 자주 오면 얼마나 좋을까 생각했지만, 한동안은 잊고 살았다. 그동안 도서관은 새로 리노베이션하여 더 좋아졌다. 돌로 쌓은 웅장한 벽의 훌륭한 건축물은 분위기도 좋고 모든 것이 최상급이다. 뷰 좋은 창가에 앉거나 편안한 소파를 독차지하고 앉아서 책을 볼 수 있다. 나는 편안한 마음으로 보고 싶은 책을 원 없이 읽을 수 있었다.

그때부터 나는 서초동 국립중앙도서관을 일주일 내내 다녔다. 학생이 학교에 등교하듯 말이다. 매일매일이 너무 행복했다. 전철과 버스를 타고 많은 사람들 틈에 끼어 대중교통을 이용하는 것도 오랜만에 해보는 경험이었다.

다음으로는 집에서 가까운 마포중앙도서관을 다녔다. 이곳은 우리 집에서 걸어서 다닐 수 있는 거리에 있었다. 배우 하정우의 『걷는 사람, 하정우』라는 책을 읽고 감명받아 걷기를 시작했던 시기였다. 집에서 1.4km 정도라 지금 생각하면 정말 짧은 거리였는데, 나는 한 번에 쭉 걸어오지 못하고 중간에 쉬고, 택시를 잡아타곤 했다. 당시에는 그 정도로 걷기가 힘들었고 체력도 약했다. 지금은 쉬지 않고 7~8km를 걷는다.

마포중앙도서관은 최근에 건축되어 모든 것이 최신식이고, 즐길 수 있는 여러 요소들이 잘 갖춰져 있다. 책을 읽는 것 말고도 비디오 감상과 음악 감상을 할 수 있다. 갤러리와 IT

체험실 등이 있어 그곳에 있는 것만으로도 힐링이 된다. 식당도 있어 식사도 할 수 있었고, 그곳에서 시험공부도 열심히 했다. 도서관이 문을 여는 시간에 들어와서 문 닫을 때까지 여유롭게 시간을 보냈다. 도서관은 내게 마치 놀이터와 같았고, 당시 나는 도서관에서 정신과 신체를 건강하게 단련시켰다.

어릴 적 추억을 더듬으며 가는 삼청동의 정독도서관. 내가 중·고등학생이었을 때는 서울에 도서관이 종로구의 정독도서관밖에 없었다. 내가 아는 한은 그렇다. 시험 기간에 아침 일찍 집을 나서도 긴 줄을 서야 들어갈 수 있었다. 시내 한복판에 있지만, 도서관까지 가는 길은 계곡과 숲을 지나야 갈 수 있는 도서관이다. 오래되어 낡은 건물이지만 그곳은 나의 안식처가 되어 준다. 다시 가도 옛날 그대로이다. 아직도 서울시민의 사랑을 많이 받는지 사람들이 많다. 넓은 정원에 멍때리고 앉아 시간을 보내기에 좋은 장소다. 일 년에 반드시 한두 번은 방문하여 마음의 평안을 얻고 있다.

그리고 내가 가장 좋아하는 도서관은 부암동에 있는 청운문학도서관이다. 청운문학도서관은 아주 작은 도서관이다. 내가 처음 어렵게 찾아간 날은 비가 내리는 가을이었다. 울긋불긋 단풍이 촉촉이 비에 젖어 더 선명하고 예뻤다. 아래층의 도서관으로 들어갔는데 정말 동화 속 같았다. 그날 내 기분이 그랬는지도 모르겠으나, 그곳에서 책을 읽으며 정말 행복했다.

그날의 감동은 아직도 생생하다. 그때는 아무것도 걱정하지 않고 오로지 책에만 푹 빠져 지냈다. 지금도 시간이 날 때면 그곳을 찾아가곤 한다.

그해 연말까지 그 외에도 여러 도서관을 옮겨 다니며 책을 읽었다. 교보문고 광화문점도 내가 좋아하는 장소다. 새로 나온 신간과 다양한 책들을 한눈에 파악하기에 그곳만큼 좋은 곳은 없다. 그렇게 나는 책과 도서관에 인연이 많다. 그때의 시간과 장소는 나에게 기쁨을 주었다. 내가 은퇴하여 많은 시간이 주어진다면 고민할 여지 없이 도서관을 다닐 것이다.

특별한 나의 동반자

●●●●●●

나와 언니는 두 살 차이이다. 어릴 적부터 언니는 키가 크고 나는 작았다. 그래서 사람들은 언니와 내가 나이 차이가 많은 줄 안다. 키가 큰 언니는 나를 많이 업고 다녔다. 겁이 많은 언니는 혼자 다니기 무서워 나를 업어 준다며 나를 데리고 다녔다. 초등학교 저학년 때까지 그랬던 것 같다.

이제 업어 주지는 않지만, 언니는 지금도 나를 데리고 다니는 것을 좋아한다. 결혼 전 엄마가 돌아가셔서 큰일 때마다 엄마 역할을 해주었다. 내 결혼 생활이 순탄하지 못하여 여기저기 이사를 많이 다녔는데 그때마다 언니가 찾아와 주고 도움을 주었다. 엄마 같은 언니다. 언니가 없었다면 나는 혼자 잘 살아내지 못했을 것이다. 그래서 언니를 따라 같은 직업을 가졌다.

나와 언니는 참 묘한 구석이 있다. 외모나 성격이 서로 완전히 다르다. 언니는 키가 크고 얼굴이 동그랗고 인자한 모습이다. 누가 봐도 상대를 편하게 해주는 인상이다. 반면 나는 키가 작고 얼굴이 갸름하며 언뜻 보면 차갑게 생겼다는 소리를 많이 들었다. 성격도 생긴 모습과 같이 언니는 모두를 포용하는 성격이어서 이해심 많고 너그럽다. 누구에게나 인기가 좋다. 그러나 나는 그렇지 못했다.

언니 옆에서 언니를 롤모델로 하여 늘 배우고 닮아가려고 노력하지만 쉽게 되지 않는다. 다른 사람과의 관계가 중요한 우리 직업의 특성상 언니의 성격은 단연 큰 장점이다. 그러나 나는 늘 옳고 그름을 따진다. 포커페이스를 하지 못해 싫으면 싫은 표정을 하고, 좋으면 좋은 표정을 한다. 그러니 언니와 나는 서로 보완의 관계이자 파트너로 일하기는 딱 맞는다. 어쨌든 우리는 자매라는 혈연으로 묶이어 평생을 특별한 동반자로 살고 있다. 같은 일을 하기 때문에 자주 만나고, 자주 통화한다. 그리고 자주 다툰다.

옛날에 엄마 살아 계실 때에는 "언니 희옥이는 일하는 게 어설퍼서 집안일 안 하는 집에 시집가야 하고, 희경이는 손이 바지런하여 살림꾼으로 살 것"이라고 하셨다. 그런데 그렇지 않았다. 언니는 시부모님 모시는 집안의 맏며느리로 시집을 갔다. 지금까지도 시부모님을 모시고 산다.

반대로 나는 일찍이 이혼하여 시집살이가 뭔지도 모른다. 제대로 된 살림살이도 해보지 못했다. 언니에겐 항상 집안 식구들이 많다. 시동생, 시누이, 동서, 시고모, 시이모까지 해서 북적북적하고 서로 챙겨주고 참견한다. 나는 늘 혼자이기 때문에 언니가 부러울 때가 있다. 시어머니가 전화하셔서 "에미야, 언제 들어오니?" 하면 나는 그게 그렇게 부럽다. 나도 그렇게 챙겨주는 사람이 있으면 좋겠다고 생각했다. 하지만 시부모님을 모시고 사는 사람들은 '에미야' 소리만 들어도 기겁을 한단다.

언니 또한 혼자인 내가 부러울 때가 있을 것이다. 나는 모든 것을 내 마음대로 한다. 누구의 구속도 받지 않는다. 이런 것들이 다르다 보니 우리는 가끔 다투기도 하고 의견이 맞지 않을 때도 있다. 하지만 우리 두 자매는 누구보다 없어서는 안 될 언니 동생이다. 더군다나 우리는 일에 있어서는 환상의 커플이다. 이번 유럽 여행을 통하여 언니에게 내가 없으면 안 되는 존재임이 판명되었다. 나 없이 그렇게 못 살겠는지 하루라도 빨리 오라고 성화다.

내가 글을 쓰기 시작할 때에는 책을 내겠다는 생각은 없었다. 그냥 나의 삶을 돌아보는 글을 썼으면 좋겠다는 생각이었다. 다른 사람들이 무어라 하든 나는 혼자 헤쳐 나온 나의 삶에 상이라도 주고 싶었다. 다행히 글이 무난하게 써져서 감사하다.

문예창작을 공부한 아들 병국에 이어 두 번째로 이 글을 보여준 사람은 언니다. 언니의 반응이 나에게는 가장 중요하다. 내가 출판사 대표님과 만난 뒤 몇몇 사람에게 책을 낸다는 얘기를 떠벌릴 때 언니는 속으로 그랬을 것이다. '쟤가 무슨 글을 쓴다고 저러나?' 나는 언니의 눈치를 조금 보았다. 언니의 반응이 좋지 않으면 어떻게 하나.

나는 조심스럽게 언니에게 이 글을 보여주었다. 다행히 언니의 평은 나쁘지 않았다. "잘 읽히고 괜찮은데?" 그런다. 그 후 나는 책 제목을 무엇으로 할까 고민이 많았다. 여러 가지를 생각하다가 참 좋은 제목이다 생각이 드는 것이 떠올랐다. '인생, 혼자 여행하다'이다. 나는 그날 흥분했다. 너무 좋아서였다.

제목이 너무 좋다고 생각한 나는 언니에게 카톡 문자로 보냈다. "〈인생, 혼자 여행하다〉, 좋지?" 하며…. 언니는 그날도 그다음 날도 아무 대답이 없었다. 나는 생각했다. 안 좋은가 보다 하고. 아니나 다를까, 며칠 후 만나서 그 얘기를 하는데 언니가 막 역정을 낸다. "야, 뭐 네가 혼자는 혼자냐? 내가 항상 옆에 있었는데!" 한다. 자기는 이 제목에 반대란다.

언니 말이 옳다. 나에게는 늘 언니가 있었다. 언니가 있어서 힘든 고비마다 잘 견디어 왔다. 인생은 혼자 사는 게 아니라는 것을 나도 안다. 하지만 아무리 언니가 옆에 있어 줬다 하여도 나만이 겪은 혼자가 있는 것이다. 나만의 아픔과 쓸쓸한 혼자가 있다.

나는 혼자 잘 견뎌 왔다. 혼자 잘 논다. 혼자 여행하며 진정한 나를 만났다. 혼자여서 아린 많은 날들을, 나는 혼자 치유하였다. 그래도 나는 언니가 좋다. 언니 없이 어떻게 살아? 여행길인 인생, 나는 언니와 함께 걸어 왔다. 언니는 나의 둘도 없는 특별한 동반자다.

예술에 대한 로망

ʃʃʃʃʃʃ

한 십여 년 전인가. 내가 마흔아홉 살 때다. 동네 주부들을 상대로 저렴한 가격에 바이올린을 가르친다는 소식을 지역 신문을 통하여 알게 되었다. 처음 시작할 때 바이올린을 사야 하는 부담이 있었다. 나는 없는 돈에 바이올린을 장만하여 바이올린을 배우게 되었다. 일주일에 한 번, 오전에 두 시간씩 배웠다.

그 시기에 나는 지병이 있어서 5년 동안 약을 복용하며 환자로 살았다. 온몸의 통증과 숨 가쁨으로 잘 걷지도 못했다. 아무것도 할 수 없는 내가 일주일에 한 번이라도 무엇을 배우러 다닐 수 있을지 알 수 없었다. 할 수 있다면 기적이었다. 팔을 올려 활을 잡는 것조차 버거웠다.

그러나 나는 한 주도 빠지지 않고 나갔다. 집에서도 틈만

나면 연습을 했다. 악기를 배우는 일이란 정말 쉬운 일이 아니다. 바이올린은 특히 그런 것 같다. 일단 좋은 소리가 나지 않는다. 삑삑거리는 소리는 소음이다. 집에 다른 가족이 없을 때만 연습을 해야 한다. 이웃의 눈치도 봐야 한다.

그래도 나는 기뻤다. 조금씩 소리가 좋아졌다. 한 2년쯤 했을 때 나는 좀 더 좋은 바이올린으로 바꾸었다. 그 당시 나로서는 정말 거금을 투자한 것이다. 과천의 유명한 김동수 선생님이 계시는 '과천 뮤즈'라는 오케스트라에 진출했다. 놀라운 성과였다. 과천 뮤즈에는 실력 좋은 연주자들이 많았다. 전체적인 소리는 나의 실력보다 한참 좋다. 그들을 따라가려면 멀었지만, 나는 열심히 재미있게 했다.

단체 연습뿐만 아니라 개인 레슨도 받아가며 열심히 하였다. 과천 뮤즈는 1년 계획을 세워 요양원과 복지관으로 연주 봉사도 다녔다. 크리스마스이브에는 전철역에서 연주도 했다. 신년 음악회와 송년 음악회로 바쁜 일정을 보냈다. 2015년에는 제2회 생활 예술 오케스트라 축제로 서울 세종문화회관에서 열리는 아마추어 오케스트라 대회 본선에 참가하게 되었다. 전국의 크고 작은 아마추어 오케스트라들과 치열한 경쟁을 했다. 우리는 본선에서 입상하는 쾌거를 이루었다.

그때는 목요일 아침마다 바이올린 가방을 들고 집을 나서는 것만으로도 더할 나위 없이 행복했다. 나는 바이올린을 할

만큼 여유로운 삶을 살고 있다, 라는 만족감이다. 자랑스럽고 행복한 시간이었다. 그러다가 2018년 초에 다니던 회사에서 일 열심히 하라는 푸쉬가 어찌나 심한지 버티기 힘들었다. 오너는 매일 회의 시간에 일에 올인하라고 닦달했다. 올인하여 일에서 성공을 맛보라는 것이다.

나는 그 당시 일에 올인하지 못했다. 건강이 좋지 않아 현상 유지만으로도 다행이라고 생각해야 했다. 더욱이 돈을 많이 벌고 성공한다는 것은 생각도 안 했다. 그러다가 나도 열심히 일하면 돈을 더 벌 수 있을까 싶어 한 번은 최선을 다해 보는 것도 좋겠다고 생각했다. 그래서 그 좋아하던 바이올린을 그만두었다. 그것이 내 인생에서 후회되는 일 중 하나이다.

바이올린을 지금까지 했더라도 만족할 수준만큼 실력이 늘지는 못했을 것이다. 성인이 되어서 배우는 악기 실력엔 한계가 있다는 것을 그때 이미 알았다. 그렇다고 바이올린을 그만두어서 일을 더 잘하지도 못했고, 바이올린 한다고 일을 더 못하지도 않았는데 말이다. 아쉬운 일이다. 어쨌든 나는 그 후 건강은 더 좋아졌고, 일도 잘했다.

나에게는 음악이나 예술에 대한 로망이 있는 것 같다. 아주 어릴 적 다니던 교회의 피아노에 집착했다. 아무도 없는 교회에 가서 피아노 치기를 좋아했다. 그러다 취직해서 처음 모은 돈으로 피아노를 샀다. 성인이 되어서도 피아노 학원을 다니며 연습을 하였다. 그러나 큰 재주는 없었던 모양인지 남들보다 잘하거나 실력이 크게 향상되지는 않았다.

어릴 적 꿈이 무엇이었느냐고 물으면 나는 늘 발레리나였다고 말한다. 그만큼 발레리나를 동경한 것이다. 무대 공연 중 나는 발레 공연을 가장 좋아한다. 객석에 앉아서도 느낄 수 있는 가벼운 몸놀림은 나를 발레리나로 만든다. 그러나 애석하게도 나의 몸은 유연하지 못하다. 발레리나 근처도 바라보지 못하는 삶을 살고 있다.

나는 딸을 낳아 '재주 예(藝)' 자를 써서 이름을 '예진'이라고 지었다. 딸만큼은 예술가로 키우고 싶었기 때문이다. 그러나 그것은 오산이었다. 우리 예진이는 예술적인 면보다는 논리적이고 수학적인 면이 발달한 아이이다. 아주 어릴 때부터 그랬다. 나 역시 예술적인 소질이 있다기보다는 예술을 사랑하고 동경한다고 하는 것이 맞을 것이다.

2022년 나의 유럽 여행기는 이탈리아 베니스에서 마무리되었다. 예진이가 신혼여행을 왔다가 나중에 엄마하고 오면 좋겠다고 생각했던 곳이 베니스다. 엄마가 좋아할 만한 곳이고, 자기도 베니스가 좋았다고 했다. 예진이 생각이 맞았다. 이곳은 모든 것이 아기자기하다. 숙소에서 나오자마자 바로 이어지는 운하와 바다 위에 신비롭게 떠 있는 아름다운 건축물들이 나의 마음을 뺏어 간다. 넋을 놓고 걷는다.

정처 없이 걷다가 아름다운 클래식 음악 연주 소리에 발을 멈춘다. 베니스 프라다 성당 앞 광장. 연세 지긋하신 신사분들이 연주를 한다. 바이올린, 클라리넷, 피아노, 더블베이스의 현악 4중주 연주이다. 내 귀에 익숙한 세레나데의 선율이 나의 발을 멈추게 한다. 음식을 먹고 음료를 마실 수 있는 넓은 야외 카페다.

나는 카페 뒤쪽에 자리를 잡고 앉았다. 커피를 시키고 음악을 감상한다. 연주자들은 활짝 웃는 얼굴로 여유롭게 리듬에 맞춰, 몸을 흔들며 연주한다. 노신사의 연주는 아주 멋있다. 그들은 정말 즐겁게 연주한다. 보는 이에게 흐뭇함과 따뜻함을 주는 그런 풍경이다. 나도 한때 바이올린을 연주한 적이 있어서 더욱 흥미롭게 감상했다.

아름다운 이탈리아 베니스의 광장에서 클래식 연주를 감상하며 나는 많은 생각을 했다. 노신사의 아름다운 연주는 계속 이어졌고, 청중석의 분위기는 감미로움과 평화로움 그 자체였다.

앞 테이블에 노부부와 젊은 부부 그리고 어린아이가 앉아 있다. 아마도 부모님을 모시고 여행을 왔나 보다. 이곳도 5월 첫 주가 어버이의 날인지 부모님과 함께하는 일행들을 자주 보게 된다. 전형적인 유럽 3대 가족의 모습이다. 60대의 노부부와

30대의 젊은 부부가 조그만 꼬마 아이와 함께 식사하며 음악을 감상하고 있다. 30대로 보이는 젊은 아내는 부모님이 앞에 계시는데 털이 북실북실한 남편의 팔을 계속 쓰다듬고 있다. 그 가족의 모습이 참 보기 좋았다. 나는 예진이와 사위 기용이를 생각한다. 그리고 곧 태어날 그들의 딸, 나의 손주도.

베니스의 마지막 풍경은 중세 유럽풍의 웅장한 성당과 아름다운 악기 연주, 자유분방한 많은 관광객들로 아름답고도 평화롭게 장식되었다. 나는 이제 16시간 동안 비행해서 고국에 돌아갈 때가 가까워졌다는 걸 알고 있다.

며칠 뒤, 공항으로 나를 맞이하러 나온 예진이 부부와 함께 집에 돌아왔다. 3주 만인데 나를 반기는 구르미가 난리도 아니다. 구르미의 눈은 원망과 반가움이 교차한다. 우리 집에 오고 나서 처음으로 이렇게 긴 시간 떨어져 있었다. 강아지가 너무 오버를 하니 아들인 병국이가 머쓱해한다. 한참을 지나서야 진정이 되었다. 나를 기다리는 또 하나의 생명이 있어 기쁘다. 나는 한국으로 무사히 돌아왔다.

2부 한국에서

할머니가 되다

++++++

내가 유럽에서 돌아온 지 두 달 뒤인 2022년 7월, 만삭인 예진이가 예정일보다 일주일 일찍 출산하였다. 그 전날 저녁에 전화하여 별일 없는지 몸은 괜찮은지 확인하였다. 배가 많이 당기기는 하는데 바로 나올 것 같지는 않다고 하였다. 그런데 그날 정오쯤 사위에게서 전화가 왔다. 예진이가 아기를 낳았다는 것이다. 새벽부터 진통이 있어 병원에 가서 열두 시간의 진통 끝에 순산하였단다.

나는 전화를 받는 동안 얼굴이 빨갛게 달아오르고 심장이 뛰었다. 내 딸이 딸을 낳은 것이다. 그 아픔을 어떻게 견뎠을까. 기쁨과 진한 통증이 나에게 전이되었다. 진통이 있어 병원에 갈 때는 엄마에게 전화해야지 왜 하지 않았느냐며 사위에게 핀잔을 주었다.

그 아픔을 혼자 겪었을 예진이가 안쓰럽고, 나도 엄마 역할을 못 한 것 같아 서운했다. 여자는 아기 낳을 때 친정엄마가 보고 싶은 것이다. 나는 출산 때 친정엄마가 안 계셔서 내 딸의 출산 때는 내가 있어 주고 싶었다. 속 깊은 예진이가 엄마 걱정하시니 전화하지 말라고 했단다. 그리고 엄마도 없이 그 큰 아픔을 이겨내고 아기를 낳은 것이다.

사위가 전화를 끊고 바로 신생아의 동영상을 보내 주었다. 발갛고 통통한 여자 아기가 우렁찬 목소리로 울며 세상에 나왔음을 알렸다. 너무나 신기했다. 예진이가 아기를 낳다니. 기특하고 기특했다. 산모도 아기도 건강하니 더 바랄 것이 없었다.

병원 면회가 안 된다는 것을 알면서도 급하게 병원으로 갔다. 병원 입구에서부터 제지를 당했다. 아기 아빠 외에 누구도 출입할 수 없단다. 나는 병원 직원과 실랑이를 벌였다. "내가 아기 할머니인데 한 번도 볼 수 없냐, 이게 말이 되느냐."라면서 따져댔으나 소용없었다. 우리는 지금 불행한 코로나 시대를 살고 있는 것이다. 아기가 감염되면 안 되는 일이다. 나는 몰상식한 아줌마 취급을 당하고 돌아섰다.

그 후로 산부인과 병원에서 2박 3일, 그리고 산후조리원에 가 있는 2주 동안 아기를 볼 수 없었다. 산후조리원에서 집으로 가는 날 처음 아기를 보았다. 너무나 예쁘고 사랑스러웠다. 나는 아기를 꼭 안아 보았다. 이 아기가 살아갈 세상이 밝고 아름답기를 기도했다. 예진이가 엄마로서 살아갈 날을 축복하며 기도했다.

내 딸 예진이는 나와 눈, 코, 입이 아주 다르게 생겼다. 나는 눈이 크고 쌍꺼풀이 선명하며 일명 복코라는 코를 가지고 있다. 이 코가 나의 최대 콤플렉스이기도 하다. 입은 크지 않아 환하게 웃어도 이를 다 드러내지 않는다. 반면 예진이는 눈이 크지 않고 쌍꺼풀도 가늘게 있다. 그리고 나와는 확연히 다르게 코가 옆으로 폭이 좁으며 오똑하다. 코가 나를 닮지 않은 것은 천만다행이 아닐 수 없다.

예진이는 활짝 웃었을 때 가지런한 윗니가 다 드러난다. 이렇듯 이목구비 하나하나 비교하면 나와 닮은 곳이 하나도 없다. 그런데 다른 사람들은 나와 예진이가 똑 닮았다고 한다. 나도 예진이의 얼굴을 보면 내 얼굴이 보이는 것 같다. 예진이도 사람들에게 자주 듣는 말이 엄마와 똑 닮았다는 말이라고 한다. 엄마 얼굴에서 자기 모습을 본다고 한다. 참 신기한 일이다.

사실 이목구비만 다른 것이 아니다. 나는 아이를 임신했을 때 몸이 상당히 붓고 배가 많이 불러 마치 온몸으로 아이를 가진 것처럼 살이 찌고 뒤뚱거렸던 것이 생각난다. 그런데 우리 예진이는 만삭에도 날씬한 몸을 그대로 유지하고 배만 볼

록 나왔다. 이런 것들이 모두 체질인데 예진이는 엄마인 나의 체질을 닮지 않았다. 다행이다. 나보다 모든 면에서 더 나은 유전자를 가지고 있다.

아기를 직접 보지 못하는 동안에 사위와 딸은 아기 사진을 보내왔다. 너무나 귀엽고 사랑스러운 아기다. 사진을 보면서 예진이 신생아 때와 똑같다는 생각이 들었다. 나는 장롱 깊이 넣어둔 옛 앨범을 뒤져 예진이 신생아 사진을 찾았다. 정말 신기한 일이다. 32년 전 내가 낳은 딸 예진이와 지금 예진이가 낳은 딸이 백 프로 일치했다. 내가 보기에는 그렇다.

친가에서는 아기 아빠의 34년 전 사진과 비교하고 아빠 어렸을 때와 똑같다며 기뻐할 것이 분명하다. 우리는 이렇게 세대를 이어간다. 닮지 않은 것 같지만 닮아 있고, 닮은 것 같으면서도 닮지 않은 우리의 후세들.

먼저 할머니가 된 내 친구들이 앉으나 서나 손주 자랑에, 손주가 예뻐서 어쩔 줄 모르며 핸드폰에 저장된 사진을 들이미는 걸 보아 왔다. 그들을 보며 나는 저러지 말아야지 다짐했는데 그렇게 될 수 있을지 의문이다.

내 지나온 삶은 모든 것이 미숙하였다. 미숙하여 좋은 아내가 되지 못했고, 미숙하여 좋은 엄마도 되지 못했다. 미숙하여 실패를 거듭했으며, 미숙하여 겪은 많은 시행착오들이 있다. 그것이 오늘의 나를 만들었다.

그러나 미숙한 것은 미숙한 대로 사랑스러운 것이다. 완벽한 사람은 인간미가 덜하지 않은가. 누구나 다 완벽하지는 않다. 과거의 시간들을 돌아보며 '이랬더라면' 하는 후회는 앞으로도 하지 않을 것이다.

나이를 먹는다는 것은 나에 대해, 세상에 대해 너그러워지는 것이기도 하다. 더 이상 이를 악물고 살지는 않을 것이다. 너그러운 마음이었으면 좋겠다. 어차피 할머니로서의 삶은 또 처음이지 않은가.

요즘 시대의 육아

÷÷÷÷÷÷

딸 예진이가 결혼할 때 나는 은근히 친정엄마로서의 역할을 기대했다. 가구와 가전제품, 그릇을 장만하는 일과 갖가지 살림살이의 모든 것들을 내가 준비해 주고, 참견하고 싶었다. 나의 엄마는 결혼 전에 돌아가셔서 그렇게 해주지 못하셨다. 친구들은 친정엄마가 다 해주시는 것이 부러웠다. 참기름, 고춧가루, 깨소금, 마늘, 이런 것들을 채워 주는 일은 원래 친정엄마의 일이었다.

그러나 막상 결혼 준비를 하는데 내가 해줄 일은 거의 없었다. 예진이는 꼼꼼하게 리스트를 작성해서, 꼭 필요한 것만 신랑 신부가 같이 다니며 장만하였다. 취향이나 선호하는 것이 나와는 전혀 달랐으며 나의 의견은 배제되었다.

나는 딸이 결혼하면 시도 때도 없이 내게 전화하여 "엄마,

간장은 몇 스푼 넣어요?", "엄마, 음식이 너무 짠데 어떡하지?" 하면서 엄마를 찾을 줄 알았다. 엄마에게 물어보고, 역시 엄마가 있어서 좋다고 말할 줄 알았다. 엄마 역할을 제대로 해보려고 했는데, 예진이는 이런 일로 단 한 번도 내게 전화하지 않았다.

결혼 전에 요리하는 것을 가르치지 못해 어쩌나, 걱정했을 때 예진이는 말했다. 어느 제품이 맛있는지, 어디서 사는 게 좋은지만 알려 달라고. 사실 그것도 제대로 알려 주지 못했다. "예진아, 너 너무한 것 아니니?" 나는 서운했다. 엄마한테 한 번도 묻지 않고 알아서 밥도 잘 해먹고 알아서 살림도 잘했다. "엄마, 인터넷에 검색하면 다양한 레시피가 있고, 모르는 거 다 알려줘요." 그런다.

예진이가 초등학교 6학년 때였다. "예진아, 나중에 네가 아기를 낳으면 엄마가 키워 줄게. 너는 전문 직업인으로 살아." 내가 말했다. 내가 육아를 하면서 직장인으로 살지 못한 것에 대한 아쉬움이었다. 어린 예진이는 한참을 생각하더니 "엄마, 내 아기는 내가 키우면 안 될까?"라고 했다.

너무 어린 나이였기 때문에 현실을 잘 몰라서 한 소리인 줄 알았다. 그러나 예진이는 독립적이고 비의존적이어서, 웬만하면 혼자 해결하려 한다. 자기 아이는 자기가 키워야 한다는 생각에는 변동이 없었다. 육아가 많이 힘들지만, 시절이 좋아져서 산전휴가 3개월, 산후휴가는 3년까지 누릴 수 있다. 또 출산 직후엔 산후조리원에서 2주를 보낼 수 있고, 산후 도우미가 3주 동안 집으로 와서 집안일과 아기를 돌보아 준다.

예진이는 산후우울증 같은 것도 심하게 겪지 않고, 힘든 내색 없이 혼자서 아기를 잘 키우고 있다. 모유를 먹이며 아기가 예쁘고 사랑스러워 어쩔 줄 모른다. 부모로서 자식이 또 그 자식을 키우는 모습을 보는 것은 신기했다. 이렇게 자연스럽게 내리사랑이 이뤄졌다. 나는 일 때문에 손주를 전적으로 돌봐 주지 못하고 예진이 역시 엄마에게 도움을 요청하지도 않는다. 그러나 마음은 항상 그쪽에 가 있다. 아무리 바빠도 일주일에 한 번은 꼭 들여다본다. 하루가 다르게 커가는 손주가 보고 싶어서다.

할머니들 사이에 손주 보기 싫으면 손주에게 영어를 가르치라는 말이 있다. 아이 영어 발음 버린다고 엄마들이 얼른 아이를 데려간단다. 할머니에게 영어 교육 맡기면 큰일 난다는 얘기다. 할머니도 마찬가지다. 자식이 아기 데리고 와주면 너무 반갑고, 가주면 더 고맙고. 잠깐 와서 놀다 가는 것은 반갑고 좋은데 계속 봐 주기는 어렵다는 이야기다.

최근 TV 프로그램에 외할머니의 손주 육아로 딸과 갈등을 겪는 문제가 나왔다. 친정엄마가 세 아이를 돌보아 주고, 아이 엄마는 자기 일을 하는 상황이다. 친정엄마가 새벽부터 식사 준비와 빨래, 청소를 다 담당한다. 아이들 어린이집 등원과 하원을 시키고, 잠시도 허리 펼 시간 없이 하루 종일 바쁘다. 아이들 밥 먹이는 일과 목욕시키는 일, 어질러 놓은 장난감을 치우는 일 등 끝이 없다.

딸인 아이 엄마는 늦게까지 침대에 누워 있다가 뒤늦게 일어나 엄마를 타박한다. 왜 아이들이 해달라는 대로 해주지 않느냐는 것이다. 아이들이 밥을 나중에 먹겠다면 나중에 먹이면 되지 않느냐. 왜 억지로 먹이냐. 놀고 싶다면 놀리고, 자고 싶다고 할 때 재우라는 것이다. 할머니 입장에서는 정해진 시간에 먹이고 정해진 시간에 재우고 해야 일이 마무리될 것이다. 아이들이 하자는 대로 하다가는 끝도 없다.

친정엄마는 울부짖었다. 딸이 "엄마, 고마워요. 힘드시죠." 한마디만 해줘도 덜 힘들겠다는 것이다. 몸이 너무 힘들고 하소연할 곳 없는데 딸은 또 자기 자식만 생각한다. 보는 나도 딸이 너무한다 싶었다. 어떻게 부모 힘든 것을 저렇게 모를까, 한탄했다. 부모는 무조건 자녀를 위해서 다 감내해야만 하는 것인가. 무슨 자격으로 엄마의 노동을 당연시하는가. 친정엄마는 그래도 딸의 성공이 자신의 소원이란다.

신세대 엄마들 역시 참으로 대단하다. 아이들의 뜻을 다 맞추어 준다. 동네 어린이집 원장님께 들은 이야기이다. 엄마와 같이 등원한 아이가 어린이집에 들어가지 않겠다고 떼를 쓴다. 엄마는 아이가 알아듣게 설득한다. 시간이 얼마나 걸리든 상관없이 아이가 들어가겠다고 할 때까지 좋은 말로 타이르고 설득하여 아이가 들어가겠다고 하면 들여보내고, 그래도 안 들어가겠다고 하면 그냥 돌아온다. 우리 때에는 있을 수 없는 일이다. "어서 들어가!" 소리를 꽥 지르고 아이를 밀어 넣었다.

요즘 육아는 아이의 마음을 읽으라는 것이다. 내 또래에게 이 이야기를 했더니 한목소리로 "어휴, 지겨워." 그런다. 우리가 얼마나 더 자식을 위해서 해야 하는 것이냐, 그런 뜻이다. 방법은 다 다를 것이나 우리는 자식을 위해 평생 할 만큼 했다.

나는 아직도 잘 모르겠다. 어렸을 때부터 자기의 의사를 존중받고 자란 아이들이 남을 존중할 줄 안다. 아이들의 의견을 존중해 주는 것은 너무나 좋다. 그러나 아이가 어른 위에 있으면 안 된다고 생각한다. 요즈음 아이들의 자존감이 너무 부각되면서 어른들의 칭찬만 듣고 자란다면 훗날 아이가 자기중심적인 사람이 되지 않을까 걱정이다. 우리는 먹고살기 바빴으므로 아이의 마음을 읽는다는 것은 생각해 보지 못했다. 그래서 요즘 육아가 더 힘든 것이다.

엊그제는 우리 손주 하연이의 백일이었다. 예진이는 특별히 백일잔치는 하지 않는다고 했다. 주말에 스튜디오에 가서 백일 사진만 찍을 예정이란다. 나는 그냥 넘어가기는 서운해서, 저녁에 케이크를 사가지고 아들과 함께 갔다. 젖살이 통통하게 오르고 얼굴이 뽀얘진 아기는 한없이 예뻤다. 나도 이 아이에게 모든 것을 해주고 싶다. 그러나 참으련다. 이 아이는 내 자식이 아니다. 내 자식의 자식이다. 시대가 변했으므로 변한 시대에 맞추어 그의 부모가 잘할 것이라 믿는다.

엄마는 모성애가 부족해, 나는 효심이 부족해

======

이혼했을 당시 나의 아이들은 열두 살과 열세 살, 초등학교 5학년과 6학년이었다. 나는 요즘 엄마들처럼 상황을 자세히 설명하거나 아이들에게 이해를 구하지도 않았다. 어느 날 갑자기 아이들을 데리고 집을 나온 것이다. 살 곳도 마련되지 않은 상태로 친척 집을 전전하였다. 간신히 월셋집을 얻어 살게 되었다.

나는 제정신이 아닌 상태였다. 아이들이 힘들 것이란 생각은 하지 못했다. 내가 너무 힘들었기 때문이다. 생계를 위해 무엇이라도 해야 했다. 나는 낮에 일하러 다녔고 아이들은 방치되었다.

그러면서 아이들을 윽박질렀다. 공부 열심히 하고, 너희들이 할 일은 너희들이 알아서 잘하라고. 특히 첫째인 아들에게 그랬다. 큰아이가 중학교 1학년 첫 중간고사에서 평균 90점에 반에서 5등을 했다. 네가 정신이 있는 놈이냐고, 이걸 성적이라고 받아 왔느냐고, 나는 흥분하여 소리를 질러 댔다.

나는 아이에게 목에 힘주어 말했다. 내일부터 깨우지 않을 테니 스스로 새벽 5시에 일어나서 공부하고 학교 가라고. 아들은 다음 날부터 5시에 일어나 공부했다. 아니 공부하는 척했다. 일단 일어나 책상에 앉아는 있었다. 지금 같았으면 아동학대로 잡혀갔을 것이다. 한참 예민한 사춘기 시기에 친구 하나 없는 낯선 곳으로 이사 와서 갑자기 공부하기를 강요받은 것이다.

그 전에는 아이들에게 공부하란 소리는 하지 않았다. 나는 내가 잘 산다는 증거로 아이들이 공부를 잘해야 한다고 생각했다. 그 뒤로 아들의 성적은 더 오르지 않았다. 사실 그때 잘했다고 칭찬을 해주었으면 아들의 성적은 좋아졌을지도 모른다. 대신 그 효과는 딸한테 나타났다. 딸에게는 공부하라고 혼낸 적이 한 번도 없는데, 딸은 엄마가 무서워 열심히 공부했다.

세월이 흘러 아이들은 대학에 들어가고 나의 마음에도 여유가 생겼다. 내 마음에 독기가 어느 정도 풀렸을 때였다. 나는 아이들에게 미안하다고, 잘못했다고 말했다. 그때는 그럴 수밖에 없었다고 고백했다. 그때는 나도 어렸고, 엄마로서 많이 부족했다고 용서를 구했다.

다행히 아이들은 엄마를 이해해 주었다. 아들은 수능 성적에 맞추어 서울에 있는 대학 국문학과에 들어갔다. 아이는 늘 글을 쓰고 싶어 했는데, 글을 쓰려면 문예창작과를 가야 했다, 그러나 그때는 서울의 4년제 대학에 가야 한다는 생각으로 국문학과에 입학한 것이다.

그것이 잘못이었다. 아들은 2학년 1학기를 마치고 집으로 돌아왔다. 이미 올 F 학점의 성적표가 집으로 도착한 후였다. 1년 반 동안 엄마를 떠나 원 없이 방탕 생활을 한 것 같다. 아들은 대학의 교지편집부에서 교지를 만드는 일에 미쳐 있었다. 그러다 안 되겠다 싶었는지 짐을 싸 들고 집으로 들어왔다. 다시 수능을 보겠다는 것이다. 나는 그러라고 했다.

아들은 5개월 동안 집 근처 독서실을 다니면서 수능 공부를 다시 시작하였다. 수능 점수는 그다지 오르지는 않았다. 그러나 아들은 이미 다른 계획이 있었는지 서울예대 문창과 실기에 도전해 보고 싶다는 것이었다. 나는 흔쾌히 받아들였다. 아들은 33대 1의 경쟁률을 뚫고 단번에 합격하였다. 실기를 위해서 과외를 받은 적도 없고, 글 쓰는 것을 본 적도 없었다. 아들은 그때 정말 기뻐하였다. 자기가 하고 싶은 것을 할 수 있어서 기뻤을 것이다.

나도 나의 아들이 원하는 것을 할 수 있어서 기뻤다. 진심으로 축하해 주었다. 아들은 '우리 엄마가 가장 멋있었을 때는 문창과 입학을 허락했을 때'라고 여러 번 말했다. 그 후로 아들과의 관계는 좋아졌다.

글을 쓰다 보니 아들 병국이 이야기가 이어졌는데, 우리 예진이 얘기는 별로 없다. 예진이는 너무 자랑할 게 많다 보니 조심스러워서 그렇다. 착하고 공부 잘하는 우리 딸은 언제나 나의 자랑이었다. 딸을 잘 두면 비행기 탄다는 말이 있는데, 일찍이 나는 딸 덕분에 비행기를 타고 미국 여행을 다녀왔다. 전기공학 연구원으로서 미국 학회에서 외국 석·박사들과 어깨를 나란히 하고 발표하는 딸의 모습에 정말 뿌듯했다. 예진이는 사려 깊고 착한 딸이다. 나는 나의 모든 문제를 예진이와 상의한다. 내 딸은 좋은 조언자이자 친구다.

아들과 딸의 핸드폰 전화번호 내 이름에 "어머니 존경합니다." 이렇게 저장되어 있다. 대학교 다닐 때부터 그랬는데, 어느 날 둘이 "이제는 바꿔야겠어." 그런다. "그래, 어떻게 바꿀 건데 물으니?" 둘 다 "어머니 더 존경합니다." 이렇게 바꾸었다. 나는 내심 기뻤다. 다른 사람에게 존경받는 것보다 자기 자식에게 존경받기란 더 어려운 것이다.

"미안해. 엄마는 모성애가 부족해서." 내가 우리 아이들에게 늘 하는 말이다. 그러면 아이들은 "괜찮아. 나는 효심이 부족해.” 한다. 나는 맛있는 것이 있으면 내가 먼저 먹었다. 우리 할머니나 엄마처럼 당신은 먹지 않고 자식들을 주기 위해 참는 일은 하지 않았다.

얼마 전 출산한 딸이 아기를 키우다 보니 엄마 생각을 많이 하게 된다고 했다. 딸은 엄마가 자식에게 전전긍긍하지 않고 엄마의 인생을 멋지게 살아가는 게 너무 좋다고 하였다. 엄마가 자기들을 위하여 희생만 하고 살았다면, 자신은 부담감에 엄마와 좋은 관계를 유지하기 어려웠을 거라 말했다.

딸의 말이 옳다. 엄마들도 자식보다는 자기를 위해서 살아야 한다. 헌신하면 헌신짝 된다는 말, 그 말엔 나름의 진실이 담겨 있을 거다. 난 그렇게 믿는다.

그 사람

******

“옛사랑 그대 모습, 영원 속에 있네.” 유행가 가사처럼 내 마음 깊은 곳엔 그 사람 모습이 남아 있다. 여자는 추억을 먹고 산다. 일생에 단 한 번의 뜨거운 사랑이었다.

아프지만 안 해본 것보다는 해본 것이 더 낫다. 세상에서 나를 가장 예쁘게 봐 주었던 사람. 그가 없으면 일분일초도 의미가 없었던 시간들. 나는 나의 여리고 순수한 마음이 무뎌지지 않기 위하여 그때의 나를 회상한다.

그 시절, 나는 순수한 사랑을 꿈꿨다. 내 사랑만이 진정한 사랑이고, 내 사랑만이 아름다운 사랑이었다. 나는 사랑을 절대적으로 믿었다. 모든 것은 사랑이 해결해 줄 수 있다고 생각했다. 경제적 능력이나 사회적인 지위는 중요하지 않았다. 조건을 따지지 않았다. 사랑했으므로 두려움이 없었다.

나에게는 그가 있어야 하고, 그에게는 내가 있어야 했다. 세상의 온갖 사랑 이야기보다도 우리의 사랑 이야기가 아름다웠다. 우리는 그런 운명적 사랑을 했다. 그 사람은 나에게 그런 남자였다. 나의 첫사랑이자 마지막 사랑.

너무 사랑해서 이혼한다. 기대하고 원하는 바가 더 크기 때문에 그저 그렇게 살기는 싫어서 이혼하는 것이다. 덤덤해지거나 익숙해져 아무 감정 없는 것은 참을 수가 없다. 나의 밑바닥을 다 보여주거나, 그 남자의 밑바닥을 다 보기 싫어 이혼한다.

나는 남자를 피곤하게 하는 스타일이다. 사랑만 갈구하는 철부지였다. 평생 사랑을 이어간다는 것은 얼마나 피곤한 일인가. 결혼을 결정할 때 나는 하나만 생각했다. 그것은 그에 대한 나의 사랑이었다. 그게 당연한 거 아닌가. 하지만 훗날 내 딸이 그런 나를 닮을까 봐 정말 두려워했다. 아이러니가 아닐 수 없다.

지금은 생각이 조금 달라졌다. 기본적으로 사랑이 밑바탕이 되고, 여러 가지 조건들이 따라주어야 한다. 아무튼 내가 이혼을 결정할 때 이혼 사유는 백 가지가 넘었다. 아니, 사실 딱 한 가지였다. 사랑을 이어갈 수 없었으므로. 이때까지도 무모한 사랑 타령이었다.

“사랑이란 게 지겨울 때가 있지.” 결혼 생활 15년 되던 해 우리는 소송에 의한 이혼을 했다. 나는 그의 의견을 물어보지 않았다. 내가 결정하고 내가 실행했다. 그는 포악해지고 나는 피폐해졌다. 현실과 타협하고 사는 일은 쉽지 않았다. 우리는 서로에게 상처를 주었다.

나는 이혼 후 몇 년 동안은 죄책감에 시달렸다. 그때 내가 더 참았어야 했나. 남들도 다 그렇게 사는데. 그는 사회생활을 힘들어하였다. 밖에서 많이 시달렸을 것이다. 마음이 여리기 때문에 치열한 경쟁에서 살아남기란 쉽지 않았을 것이다.

그때 아내인 내가 내조를 잘하여 그의 어려움을 이해해 주고 힘이 되어 주어야 했었다. 나는 그 당시 철이 없어서 그런 것을 할 줄 몰랐다. 오직 나에게 잘해주기만을 요구하였다. 왜 예전처럼 안 해주냐고 불평하였다. 집이 편안한 안식처가 되어야 하는데 그러지 못했다. 다툼이 잦아졌다.

그는 갈수록 술을 많이 마셨다. 방탕한 생활로 자신을 학대하고 가족들을 괴롭혔다. 나 때문에 그의 인생이 망가진 것 같았다. 나 아닌 다른 지혜로운 여자를 만났다면 순탄한 가정생활을 했을 수도 있었을 것이다. 그는 자상하고 마음이 여리고 세심한 사람이었다. 무엇보다 아이들을 사랑하는 좋은 아빠였다. 아이들과 천진난만하게 놀아주고 여행도 자주 다녔다. 이혼하기 며칠 전까지 우리는 아이들과 함께 계곡에서 송

사리를 잡으며 즐겁게 놀았다.

아이들이 기억하는 아빠는 또 다르겠지만 아이들도 아빠에 대해서 좋은 감정이었으면 좋겠다. 아이들에게도 너무나 미안하다. 그들의 의사와는 상관없이 어느 날 갑자기 아빠와 단절된 것이다. 아이들도 할 말이 많을 것이다. 우리는 오랫동안 아빠에 대해서 함구하였다. 아이들이 아빠를 미워하지 않았으면 좋겠다. 나는 아이들에게 한 번도 아빠에 대해서 흉을 보거나 나쁘게 얘기하지 않았다. 내가 생각해도 그것은 참 잘한 일인 것 같다.

산책길에서 사이좋은 노부부가 손잡고 천천히 걷는 모습을 자주 본다. 오순도순 이야기를 나눈다. 오랜 시간을 같이 보내준 동반자. 저들도 가끔은 다투고 참고 그러면서 살겠지. 그래도 그들이 부럽다. 우리 부부도 예전에 항상 손잡고 다녔다. 내가 가보지 못한 길에 대한 아쉬움일 것이다.

내 또래 친구들이 그런다. 남편과는 우정으로 산다고. 남편이 스킨십을 하려고 하면 가족끼리 그러는 거 아니라고 한단다. 옆에 다가오는 것도 질색이란다. 그렇게 오랜 시간 익숙해져 무덤덤하게 살지만, 항상 내 옆에 있어주는 사람이 삶의 동반자인 것이다. 나는 그 동반자를 잃었다. 그 부재의 결핍은 나를 늘 괴롭혔다.

지금 그 사람이 어디에서 어떻게 살고 있는지 모른다. 서로 얼굴을 보지 않고 연락을 끊은 지가 십 년이 넘었다. 몇 년 전까지만 해도 그 사람 생각만 하면 마음이 아렸다. 그러나 이제 내 마음의 상처도 가시고, 그 사람 때문에 마음이 아리지는 않는다. 아주 먼 기억 속에서 나도 한때 사랑을 했었다. 옛 추억의 한 장면으로 남아 있는 그 사람.

마이 하우스

오랜만에 선물 같은 날이 주어졌다. 며칠 동안 비가 내릴 것처럼 흐린 날이 이어지며 습하고 꿉꿉한 날이 계속되었다. 아침부터 그러더니 드디어 시원한 비가 내린다. 너무 반갑다.

몰타에서 돌아오고 나서 나를 기다리는 일은 예진의 출산만이 아니었다. 나는 드디어 내 집을 갖게 된 것이다. 이제 곧 집을 옮길 채비를 해야 한다. 나는 거실의 창 커튼을 다 떼어 내었다. 넓은 창을 통해 비 오는 날의 정취를 더 느낄 수 있어서 좋다. 마침 다른 스케줄도 없었다. 하루 종일 이사를 준비하면서 집에서 시간을 보낼 수 있다.

사는 일들이 뭐가 그리 복잡하고 다사다난한지 매일매일의 일들을 처리하다 보면 나만의 시간을 갖기가 어렵다. 시간은 너무 빨리 지나간다. 처리해야 할 일들이 산더미같이 많다.

고객들의 컴플레인도 해결해 줘야 한다. 그것은 간단하지 않다. 그렇지만 그것 또한 나의 일이니 성실하게 해주어야 한다. 종합소득세 신고도 해야 하고, 다음 주에 이사 일정이 잡혔다. 이삿짐 센터에서 포장 이사를 해준다 해도 내가 해야 할 일들이 많다.

"나, 28년 만에 처음으로 빌라 하나 마련했어." 최근에 보기 시작한 드라마의 한 미화원의 대사다. 그만큼 어렵게 살았다는 얘기다. 나는 그 드라마를 보면서, '저 아줌마는 나보다 낫네.' 생각했다.

지금의 집을 마련하기까지 30년도 더 걸렸다. 내 집을 가져봤던 때도 있지만, 말 못 할 사정이 많아 금방 팔아버려야 했다. 우리는 평균 2~3년에 한 번씩은 이사를 다닌 것 같다. 집 없는 설움은 이루 말할 수 없다. 살 집이 없어서 저 전라남도 순천까지 내려가야 했다. 병국이는 다섯 살, 예진이는 네 살 때 일이다. 병국이하고 어른처럼 대화를 나눈 것이 그때다. 다섯 살 아들을 앉혀 놓고, 엄마가 시골에 가서 살아야 하는데 낮에는 일을 해야 하니 네가 동생을 보살피며 잘할 수 있을까, 물었다. 병국이는 할 수 있다고 했다.

그때부터 병국이는 나의 든든한 아들이었다. 그 동네에서 소문이 자자했다. 서울에서 이사 온 남매가 돌봐주는 부모도 없는데 그렇게 잘 지낸다는 것이다. 병국이는 항상 예진이 손을 붙잡고 다녔다. 친구 집에서 놀 때 물을 마시지도 않고, 화장실에 가려면 우리 집으로 왔다. 남의 집에서는 물도 얻어 마시지 않고 화장실 사용도 하지 않는다면서.

병국이는 요구르트가 하나 있으면 동생을 주고, 두 개 있으면 하나씩 먹고, 세 개 있으면 동생은 두 개, 자기는 하나, 이렇게 먹었다. 예진이는 그때 내게 이런 말을 했다. "엄마 없으면 살아, 오빠 없으면 못 살아." 없이 살면 아이들이 착한 것인지, 가르쳐 주지 않아도 둘은 우애가 좋았다.

2년 동안의 순천살이는 병국이의 초등학교 입학을 앞두고 끝났다. 다시 서울로 이사 올 때 구한 집은 눈물 없이는 볼 수 없는 집이었다. 1층 주차장을 개조한 집은 셔터가 내려져 있고, 뒤쪽의 쪽문을 통하여 출입해야 했다. 오른쪽 방에는 치매 할머니가 사셔서 항상 고함을 치는 소리가 났다. 왼쪽 방은 철학관 아저씨가 살았는데, 새벽부터 목탁 소리를 냈다. 지하 교회에서는 늘 찬송가를 틀어 놓았다. 2층 피아노 학원은 온종일 뚱땅거리는 소리로 제정신을 가지고 살 수가 없었다. 어른인 나도 견디기가 힘들었다.

그런데 병국이는 하교 후 꼭 친구들을 달고 집으로 왔다. 아무 거리낌도 없이 친구들과 잘 놀았다. 나는 친구들을 데려오지 말라고 잔소리를 했지만, 어쨌든 병국이의 학교생활과 교우 관계는 늘 행복했다. 하루는 밖에서 일하고 있는데 아이들에게 연락이 왔다. 우리 집이 전기료를 안 내서 어떤 아저씨가 전기를 끊고 갔다는 것이다. 날은 어두워지고, 아이들 둘밖에 없는데 어떻게 하나, 마음을 졸이며 집에 왔을 때는 이미 밤이었다. 두 아이가 문지방에 촛불을 켜놓고 바둑알 치기를 하며 놀고 있었다. 너무 재미있다고 신나 했다.

나는 가슴이 내려앉았다. 이 녀석들은 정말 누가 낳았는지 천사인 게 틀림없다. 그 어려웠던 시절이 두 아이의 일기장에 고스란히 남아 있다. 그들의 일기는 매일매일이 재미있고 즐거웠다는 말로 끝나고 있었다. 집 한 칸 없던 암울했던 시절도 나의 아들과 딸이 있어서 버텼다.

그 후 집에 한이 맺혀서, 내 집은 아니더라도 넓고 깨끗한 신축을 고집했다. 지금 사는 전세 아파트는 신축이면서도 넓어서 아들과 둘이 살기는 과분한 집이었다. 가까스로 전세 자금 받아서 2년을 계약하고 들어왔다. 정부의 임대차법 개정으로 4년간은 이사 걱정 없이 살 수 있다고 하여 다행이라 생각했다.

그러나 좋았던 것도 잠시, 이사 온 지 6개월도 안 되었는데 집주인이 2년 후엔 자기가 들어와 살 것이란다. 새로운 임대차법도 집주인이 들어온다고 하면 어쩔 수 없이 내줘야 한다. 2년 만에 다시 이사를 해야 하는 것이었다. 더군다나 임대차법 시행 이후 집값과 전셋값은 천정부지로 폭등하기 시작했다. 수억 원씩 오르는 집값과 전셋값을 감당할 수 없는데 이사는 해야 했다.

그동안 살면서 집 없는 설움이 한두 가지가 아니었지만, 이번은 달랐다. 내 형편에 맞춰서 전세든 월세든 구하면 되었지만 오른 집값은 도저히 감당할 수 없었다. 그리하여 고민하다가 신축 빌라를 매입하게 된 것이다. 빌라도 오를 만큼 올라서 예전의 웬만한 아파트보다도 비싸다. 그래도 어쩔 수 없었다. 모자라는 돈은 대출받아서 맞추기로 하고 계약했다. 그래서 이번 이사는 나에게 더욱 특별하다.

"이제 남은 생은 이사 안 다니고 여기서 죽을 때까지 살 거야." 했더니 듣고 있던 언니가 그런다.

"야, 아직 살날이 얼마나 많은데. 더 크고 더 좋은 집에서 살아 봐야지."

내 꿈이 너무 소박한가? 지금은 더 크고 더 좋은 집보다는 이사를 안 다니는 내 집에서 오래 살고 싶다는 생각뿐이다. 드디어 다음 주면 나는 마이 하우스를 갖게 된다.

하루 종일 시원하게 비가 내린다. 그동안의 가뭄은 모두 해갈되었을 것이다. 빗소리와 창밖의 풍경은 숲속에 있는 느낌이 들게 한다. 이렇게 조용하고 무드 있는 날은 정말 오랜만이다. 오늘은 구르미하고 산책을 나가는 건 어려울 것 같다. 나 혼자 우산 쓰고 빗속을 걸어야겠다.

이사 가는 날

지난주부터 계속된 비가 오늘까지 이어진다는 기상예보가 있었다. 흐린 하늘에 언제 비가 내릴지 몰라 가슴 졸여야 했다. 이삿날 아침 일찍 일하시는 분들이 점령군처럼 쳐들어왔다. 그들은 깔개를 현관부터 각 방으로 연결되게 바닥에 깔고, 신발을 신고 플라스틱 상자를 가지고 왔다.

요즈음의 포장 이사는 '이사 가는 날은 휴가 날'이라며 광고한다. 그만큼 주인은 별로 하는 일이 없고 이삿짐센터에서 다 알아서 해준다는 이야기다. 주방의 살림살이를 해주시는 아주머니 한 분과, 남자 세 분이 왔다. 이사 비용은 비싸지만, 그들은 전문적으로 척척 순서에 맞춰 체계적으로 일을 시작했다.

나는 이사 견적을 내던 날, "우리는 살림살이가 많지 않아서 별로 어려울 거 없어요."라고 말하며 저렴하게 해 달라고 했다. 그런데 구석구석 웬 살림살이들이 그렇게 쏟아져 나오는지…. 요 몇 달 동안 시간이 나는 대로 서랍이며 수납장을 비웠다. 많이 버렸다고 생각했는데도 이렇게 많은 물건들이 나온다.

우리는 살면서 뭘 이렇게 많이 껴안고 사는지 모르겠다. 죽어라 벌어서 죽어라 사들이고 죽어라고 버린다더니 정말 그렇다. 살 때는 고르고 골라서 예쁜 걸 사고, 필요해서 사고, 갖고 싶어서 사고 그랬는데, 그것이 다 처치 곤란이다. 특히 각별한 날을 기념하기 위하여 산 것들, 여행지를 다니면서 산 것들이 그렇다. 버리기에는 아깝고, 짊어지고 살자니 쓸모없이 장소만 차지하는 것들이다.

나는 이번 이사를 계기로 새롭게 인생 2막을 출발하리라 생각했다. 미니멀라이프 식으로 최소한의 것들만 남겨두기로 마음먹었다. 그러나 그것 또한 마음먹은 대로만 되지는 않을 것 같다.

안방 한쪽 벽을 장식한 책장과 아들이 사준 커다란 책상을 없애기로 했다. 한때는 그 책들이 너무 소중하고 자랑스러웠다. 기회 될 때마다 사들이고, 한 권 한 권 꽂으며 뿌듯해했다. 책상은 "엄마가 박사님 될 때까지 공부하게 될 수 있으면 큰 것으로 사달라"고 부탁하여 아들이 사준 것이다. 공부에 대한 허세가 있었는지 나는 그 책상에 앉아 책 읽고 공부하고 일도 하고 놀기도 하며 많은 시간을 보냈다. 하지만 새로 이사 가는 집은 안방이 크지 않아서 책장이며 책상을 없애야 한다. 버릴 수 있는 것은 미련 없이 버리려 한다. 나는 자질구레한 서랍장들과 수납장을 다 버렸다.

그동안 수없이 많이 이사를 다녔다. 결혼하고 첫 신혼집은 서울 방배동의 2층 월세방으로 시작했다. 넓고 깨끗하여 우리 신혼은 그런대로 괜찮았다. 그 집에서 2년을 살고 집을 사야 할 것 같아 서울을 벗어나 경기도 부평의 아파트를 사서 이사했다. 이때 처음 내 집 마련을 했다. 그런데 아이 아빠가 강남에 사무실을 차려 출퇴근이 어려워졌다. 다시 역삼동으로 이사했으나, 역삼동 단독주택은 너무 크고 아이 키우기에 좋지 않았다. 우리는 상계동 주공아파트로 이사를 했다.

이때까지는 나쁘지 않았다. 그러나 상계동 아파트에서 오빠가 사놓은 신길동 아파트로 갔다가 이후 상황이 안 좋아지기 시작했다. 우리는 안양, 순천, 다시 상계동과 중계동 등등을 전전해야 했다. 나는 주민등록초본의 주소 변경 내역이 몇 페이지나 된다. 사실 좀 부끄러운 일이다.

이사를 그렇게 많이 다녔지만, 이사는 쉽지 않다. 이사를 많이 다녀 다양한 집에 살아보는 것도 장점이라면 장점인데 그렇게 생각하지 못했다. 오빠와 남동생은 한집에서 30년 남짓 살고 있다. 얼마나 재미없는 삶인가. 반면 나의 삶은 얼마나 다이내믹한가.

다행히 비는 내리지 않아 오전에 이삿짐을 다 싣고 출발하였다. 잔금을 치르고, 등기 이전 서류를 받아 법무사에게 넘겼다. 내 이름으로 등기 이전을 하는 데 이렇게 오랜 시간이 걸렸다. 감개무량했다. 나는 직업이 직업이니만큼 부동산 계약을 하고 잔금 지불하는 일을 아주 프로페셔널하게 진행한다. 하지만 금액도 작은 나의 집을 거래하고 잔금을 지불하는 일이 왜 이렇게 긴장되고 떨리는지 알 수 없었다.

그러고 나서야 짐을 들일 수 있었다. 일단 이사 온 집은 새 집이었다. 돈이 부족하여 아파트를 못 사고 빌라를 산 것인데, 사람들은 대놓고 왜 빌라를 사느냐고 묻는다. "돈 없어서 그랬어요." 하면 나를 가엾게 여긴다. 우리나라에서는 아파트에 살아야 한다면서 빌라를 좀 낮게 보는 경향이 있다. 고급 빌라도 있지만, 일반적으로 그렇다. 그러나 마이 하우스는 방 세 칸에 화장실 두 개로 전망 좋은 7층이니 나로서는 만족이다.

하루 전날 입주 청소를 해 먼지 하나 없이 깨끗하다. 남이 살던 집이 아니고 새로 지은 집, 처음으로 내가 살게 될 집이다. 하얀 도화지처럼 이제 나만의 그림을 이곳에 그릴 수 있다. 빈 벽과 빈 공간들을 내 취향에 맞게 채워가고 싶다. 조급하게 생각하지 않고 천천히 시간을 두고 멋지고 안락한 우리 집을 만들어 가야겠다 생각했다.

포장 이사에서 알아서 다 해준다 했지만, 내 살림을 다른 사람이 어떻게 다 해주길 바라겠는가. 그들은 바닥을 청소기로 돌리고 걸레질을 한 뒤 마무리를 했다. 나는 대금을 지불하며 수고하셨다고 5만 원을 더 얹어 주었다. 그들이 가고 나와 언니와 아들만 남았다. 우리는 짜장면을 시켜 먹고 드디어 내 집에 이사 온 걸 실감했다.

안방 침대에 누우니 파란 하늘이 보인다. 어린 시절의 다락방처럼 오붓하다. 이 집에서 살아갈 날들을 생각하며 즐거워졌다.

10%의 사랑

¤¤¤¤¤¤

아이를 낳아서 먹이고 입히고 교육시키는 데 3억 원이 든다는 뉴스를 들었다. 고등학교 2학년이었던 딸에게 "너 키우는 데 3억 든다는데, 이 돈 언제 갚을 거야?" 물었다. 딸은 "엄마는 어제 저녁밥도 안 줬잖아." 그런다. 그래서 내가 "5천 원 빼." 했다. "지난번에 사고 싶은 옷도 안 사줬잖아." 그럼 또 "3만 원 빼." 이런 식으로 이야기가 되다 보니 말 꺼낸 나는 본전도 못 찾았다. 아이들을 위해 사교육 한번 시켜주지 못했으면서 뻔뻔하기도 하다. 다음 날 아침, 등교하는 아들을 붙잡고 같은 말을 했다. 아들은 "까짓 3억 원, 기다려. 내가 한 방에 갖다 줄게." 그런다. '역시 병국이가 최고야.' 나는 아들의 허풍스러움을 걱정하면서도 내심 기뻤다.

아들이 취업하여 첫 월급을 받았다. 사실 다 가져오라고 해서 내가 아들에게 용돈을 주고, 저축을 하고, 나머지는 내가 다 관리하면서 내 마음대로 주무르고 싶었다. 몇몇 착한 아이들은 그렇게 한다는 소리도 들었다. 그러나 나는 그렇게 하지 않았다. "소득의 10%만 엄마에게 주고 나머지는 네가 알아서 해." 나는 인심 쓰듯 말했다. "대신 10%씩은 평생 줘야 해." 아들은 엄마의 제안이 마음에 들었나 보다. 안도하는 모습이다.

그 후로 아들은 보너스나 연차 수당을 받아도, 공돈이 생겨도 꼭 10%는 나에게 준다. 딸은 아직 학생의 신분이었으나 매월 받는 연구비와 장학금의 10%를 내게 주었다. 사실 딸은 결혼 전에 그 이상을 주었다. 그 돈으로 나의 생활은 많이 나아졌다. 그러다가 딸이 결혼하고 아직 정식으로 취업하지 않았기 때문에 딸에게는 돈을 받지 못했다.

지난해 6월, 드디어 딸이 원하던 공기업에 취업하게 되었다. 내가 먼저 말하지 않아도 착한 우리 딸이 월급의 10%를 당연히 줄 것이라고 믿었다. 딸은 첫 월급날 퇴근하면서 나에게 전화를 했다. 회사에서 있었던 이야기도 하고, 월급 받은 이야기도 했다.

나는 슬쩍 물었다. "예진아. 엄마 10% 주는 거 잊지 않았지?" 갑자기 정적이 흐른다. 예진이는 생각하지 못했나 보다. "결혼도 했는데…." 하면서 말끝을 흐린다. 나 또한 충격이 컸다. 예진이가 안 주리라는 것은 생각지도 못했다. 나는 타이르듯이 말했다. "예진아, 네 수입의 10%는 엄마에게 주고, 신랑 수입의 10%는 시부모님께 드려라. 그래도 너희 사는 데는 아무 문제 없을 거야." 신랑하고 잘 상의해 보라고 하고 전화를 끊었다.

그 후 나는 주위의 사람들에게 여론 조사를 실시했다. 일단 아들은 내 편을 들어주었다. "당연히 줘야지." 우리 가족을 잘 아는 나의 형제자매들도 내 편을 들어줬다. 특히 나의 오빠는 흥미진진하게 관심을 가졌다. "네가 열심히 키웠고, 아이들이 착하니 예진이가 줄 거야." 하면서 오히려 생각이 다른 예진이가 의외라고도 했다.

나의 친구들에게도 이 문제에 대한 의견을 물어보았다. 그런데 다들 예진이 편이다. "야, 신혼에 얼마나 살기가 빠듯한데 양가에 10%씩을 보내냐. 집도 장만해야 하고 아기도 낳아야 할 텐데 너는 네 딸에게 해준 것도 없이 그런 것을 바라냐. 네가 교육적인 목적으로 그러는 거라면 모르겠지만." 하며 신랄하게 나를 비판한다. 내가 너무 무리한 요구를 한 것인가, 다시 한번 생각해 보았다. 아무래도 내가 딸에게 너무 부담을 주었던 건 맞는 것 같다. 반성했다.

그래도 무언가 미련이 남아서 일로 만난 내 연배의 고객에게도 이야기를 해보았다. 그녀는 내 얼굴을 자꾸 쳐다보았다. 이 여자 뭐야, 하는 눈치다. 자기는 두 아들에게 집을 사주었단다. 결혼한 아들의 생활비가 부족할 것 같아 매달 백만 원씩 보내준단다. '미쳤군.' 나는 속으로만 생각했다.

아들도 나가서 이 문제로 여론 조사를 하였는지 "엄마, 결혼한 친구들에게는 이게 굉장히 예민한 부분인가 봐." 그런다. 결혼한 자녀가 매월 일정 금액을 부모에게 드리는 것은 어려운 문제라고 했다. 나는 기운이 빠졌다. 최선을 다해서 키웠으며, 최선을 다해서 교육시켰다. 우리네 부모들은 왜 자식에게 많은 걸 주고도 떳떳하게 요구를 못 하는 것일까. 그저 다들 주지 못하여 안달이다.

우리 세대를 낀 세대라고 한다. 부모를 섬기고 부양했으나 자녀에게 부양해 주기를 바라지도 못하는 세대다. 우리 윗세대 부모들은 자식들에게 당연히 부모를 부양할 것을 요구하였다. 어른으로서 자녀가 부모를 공경하도록 가르쳤다. 부모에게 효도하는 것을 미덕으로 여겼다. 그런 면에서 나는 불만이 많다. 일방적인 내리사랑이 다가 아니다. 자녀가 부모를 공경하도록 가르쳐야 한다고 생각한다.

사실 지금 내가 아이들에게 꼭 이 돈을 받아야 하는 것은 아니다. 그러나 이 10%를 처음 생각해 냈을 때는 내가 경제적으로 무척 어려운 시절이었다. 독자분들은 그것을 꼭 알아주길 바란다. 거기다가 앞으로는 내가 경제력이 전혀 없게 될 수도 있지 않은가. 실제로 경제력이 없는 부모도 있지 않은가. 있는 돈 없는 돈 다 긁어서 자녀 결혼시키고 은퇴하고 나면 어떻게 산단 말인가. 살길이 막막하다. 우리나라 60대 이상 대다수 부모의 현실이다. 그런 부모들이 내 곁에도 많다.

그런데 나는 이 돈을 왜 꼭 받으려고 했을까, 내게 10%의 의미는 무엇이었을까, 다시 한번 찬찬히 생각해 보았다. 지금 그 돈 몇십만 원이 나에게 꼭 필요하지는 않다. 없어도 살 수 있다. 그러나 그것은 지금까지 낳아 키워주신 부모님에 대한 감사의 표시다. 최소한의 의무이고, 최소한의 사랑이다. 이제 알았다. 나는 우리 자식은 남들과 다르다는 것으로 위안을 삼으려 했던 것이다. '내 자식은 달라. 엄마에게 그 정도는 당연히 할 거야.'라고 기대했던 것이다. 생각을 거듭하다 보니 나는 그렇게 아이들의 감사와 사랑을 바라고 있다는 걸 깨달았다.

결국 그때 예진이에게 돌아온 대답은 "엄마, 그건 아닌거 같아."였다. 내 예상으로는 남편과 상의도 해보지 못한 것 같다. 요즘 젊은 부부들은 무엇이든지 양가에 똑같이 공평하게 해야 한다. 친정엄마 용돈 문제로 남편과 불편해지고 싶지 않았을 것이다. "알았어, 다시는 그것에 대해서 말하지 않을게." 나도 세태를 파악하고 내 마음의 근원을 돌아보았기 때문에 서운함을 접고 딸의 마음을 편하게 해주고 싶었다. 그래서 난 지금 이렇게 진심으로 말할 수 있다.

예진아, 이 일로 더 이상 마음 쓰지 마. 다른 부모처럼 너에게 해준 것도 없으면서 네게 너무 의지했어. 미안해. 나는 혼자 잘하고 있고, 앞으로도 그럴 거야. 혹시 아니? 훗날 내가 큰 돈을 벌어 너에게 엄청난 유산을 남겨줄지…. 그러니깐 기대만 하고 있으렴.

위험한 연애

⊗⊗⊗⊗⊗⊗

흰 티셔츠에 찢어진 화이트 진을 입은 잘생긴 남자가 카페 안쪽의 테이블에 앉아 있다가 나를 맞아주었다. "안녕하세요? 반갑습니다." 웃으며 인사를 하고 맞은편 의자에 앉았다. 오십 대 중반이라고 하기에는 좀 쌩뚱맞다. 그러나 상당히 잘 어울린다고 생각했다.

나는 쑥스러운 마음에 실실 웃기만 하였다. "인상이 좋으시네요." 그가 말했다. "상당히 힙하십니다." 직설적인 내가 말했다. 오전 10시, 동네 카페에서 그를 처음 만났다. 그가 우리 동네까지 온 것이다. 어디에 사는지, 무슨 일을 하는지 약간의 호구조사를 하고 우리 두 사람은 서로에게 호감을 내비쳤다.

데이트하기에는 너무 이른 시간이었고, 첫날부터 너무 적극적으로 어필하는 것도 어색했다. "오늘은 얼굴 봤으니 우리 또 만나요." 나는 다른 일정이 있다며 자리에서 일어나면서 말했다. "네, 그래요. 우리 자주 만나요." 그가 말했다. 인사를 하고 눈이 마주쳤는데 그가 혼잣말처럼 "희경 씨, 너무 예뻐요." 그런다. 나는 민망하여 서둘러 나왔다.

뭐지? 그는 나보다 네 살 연하다. 잘생긴 데다가 전국에 프랜차이즈 매장을 가지고 있는 회사의 오너란다. 믿기지 않았지만 일단 믿어 보기로 했다. 나는 설레어서 그가 문자나 전화를 주지 않을까 하여 기다렸다.

며칠 후 우리는 다시 만났다. 장소는 다시 우리 동네다. 그는 자기가 가장 좋아하는 장소가 있다면서 한참을 걸어 재래시장 골목을 돌고 돌아 허름한 식당으로 들어갔다. 손님은 우리뿐이었다. 그는 이런 곳에 익숙한지 식사를 주문했다. 나에게 막걸리 좀 해도 좋겠느냐고 양해를 구한 다음 막걸리도 시켰다.

그는 매너도 좋았다. 나는 이런 재래시장에 식당이 있다는 것도 알지 못했고, 궁상맞은 이런 곳을 좋아하지도 않았다. 그러나 그는 이런 분위기를 너무 좋아한단다. 막걸리를 주고받으며 즐거웠다. 그는 말을 어찌나 잘하는지 빠져들지 않을 수 없었다. 말을 이렇게 잘하는 사람은 처음이었다.

자신의 파트너가 생기면 원하는 게 첫째는 이렇게 마주앉아 막걸리 마시면서 이야기 나누는 것, 둘째는 둘이 카트를 밀며 마트 쇼핑하는 것, 셋째는 손잡고 걷는 것이란다. 나는 빠져들지 않을 수 없었다. 얼굴은 탤런트 이서진처럼 양 볼에 보조개가 두 개가 있어, 웃을 때마다 귀엽고 사랑스러웠다. 우리의 대화는 깊이 있고 이상적이었으며, 서로의 감정을 주고받을 수 있었다.

나는 즐거웠다. 서로의 일에 대해서, 생각에 대해서, 삶의 의미에 관해서 이야기했다. 코드가 잘 맞았다. 그는 자기 어머니와의 관계며 경제적으로 부족함 없이 사는 것을 은근히 과시하였다. 아버지가 하시던 사업을 자기가 하기 싫어 상속받지 않았으며, 어머니가 하고 계신다고 했다.

나하고 있는 동안에도 어머니에게서 여러 번 전화가 왔다. 가업을 이어받으라고 성화란다. 그런 그가 이런 허름한 식당을 좋아하는 것과 막걸리를 좋아하는 것에 대하여도 소탈하고 서민적이라 생각되어 좋았다. 그는 식당 아주머니에게 우리가 좀 오래 앉아 있어도 되겠느냐며 양해를 구한 후 나갈 생각을 하지 않았다. 정오쯤 들어왔는데 저녁 여섯 시에 일어섰다. 식사비로 이만 삼천 원을 지불하고 식당 아주머니의 따가운 시선을 받으며 나왔다.

거리는 러시아워로 사람들이 붐빈다. 나는 계속 건배를 해가며 먹은 막걸리로 온몸이 화끈거렸다. 길을 건너려고 신호등을 기다리는데 그가 갑자기 뒤에서 내 몸을 휘감으며 껴안았다. 나는 깜짝 놀라 몸을 뺐다. 길을 건너서 걷는데, 그가 다시 나에게 몸을 바짝 밀착시키며 얼굴을 들이밀었다. 사람들이 많은 대낮에 이게 무슨 일인가 싶어 나는 도망치듯 뛰어 버스 정류장의 아무 버스나 탔다. 집으로 돌아와 이게 무슨 일인가 혼란스러웠다. '사기꾼 새끼 아니야?'

그를 세 번째로 만나던 날, 시내에서 간단히 식사를 마치고 나의 차로 이동하게 되었다. 내가 파주 헤이리 예술마을에 가자고 했다. 그는 시외로 나가는 것을 꺼리는 것 같았다. 과감한 내가 가자고 우겼다. 가는 동안 차 안에서 약간의 스킨십이 있었지만 기분이 나쁘지 않았다.

헤이리 예술마을의 분위기 좋은 카페에 둘이 마주 앉았다. 우리는 테이블 위에 두 손을 서로 맞잡고 눈을 마주 보며 영화 촬영을 하였다. 남의 시선을 의식하지 않고 과감하게 애정 표현을 했다. 나는 황홀함에 빠져 있었다. 즐길 수 있을 때 즐겨야 한다는 생각으로 경계심을 풀었다. 남이 보기에는 그런 꼴불견이 없었을 것이다.

다행인지 불행인지 그는 모텔이나 호텔을 가자고는 하지 않았다. 가자고 했으면 넘어갔을 수도 있었는데. 예쁘게 꾸며진 헤이리 마을을 천천히 걸으며 알콩달콩 데이트를 즐겼다. 그는 중간중간 나의 성격과 외모에 대한 칭찬을 했다. 좋았다.

네 번째 만났을 때 그는 자기가 운영하는 회사에 대해 이야기를 했다. 사무실에서 업무 보는 사진도 보여주었다. 자기를 과시하기 위함인지, 멋진 사진들을 스마트폰에 많이 가지고 다녔다. 본인이 프랜차이즈 창업 관련 책도 출판하였다고 했다. 나도 그가 출간한 책과 명함의 회사, 이름과 주소를 검색해서 다 확인한 후였다. 네이버에 이름을 검색하면 나오는 사람이다. 출간한 책과 실명과 함께 사진도 나온다. 창업 시장에서는 어느 정도 성공을 한 것 같았다. 이상한 점이 있다면 이렇게 완벽한 사람이 연상의 평범한 나를 좋아한다는 것이었다.

이어 다섯 번째 만났을 때는 자기 회사 일로 사람을 만나러 가는데, 같이 가자고 했다. 투자자인데 회사를 키울 수 있는 아주 중요한 기회라고 하였다. 투자자라는 말이 나올 때부터 나는 이상했다. 더구나 그런 장소에 나를 데리고 가는 것은 더 이상했다. 한 시간이 지났는데도 투자자는 나타나지 않았다. 그는 불안한 표정을 지으며 걱정을 했다. 천만 원씩 100구좌를 만들어 10억 원을 받기로 되어 있었단다. 그는 알아들을 수 없는 말들을 했다.

여섯 번째 만나던 날, 그는 나를 똑똑하다고 은근히 띄워주었다. 머리 돌아가는 게 빠르다는 것이다. '살 만큼 살았으니 그 정도는 머리가 돌아가야 하는 거 아니야?' 속으로 생각했다. 그는 자기 회사에 투자해달라고 말했다. 천만 원짜리 3구좌만 해달란다. 나는 빠르게 머리가 돌아갔다.

그는 계획적으로, 의도를 가지고 나에게 접근한 것이다. 사실 첫날부터 이상했다. 나이에 맞지 않는 차림새, 예쁘다고 혼잣말처럼 흘린 거, 적극적이 스킨십, 재래시장 구석에서의 식사, 경제적으로 넉넉하다고 과시한 것, 전화가 오면 어머니라고 하는 것, 오늘 똑똑하다고 말한 것까지…. 한마디 한마디에 만들어진 각본이 있었던 것 같았다.

그는 원래 돈이 없었다. 그는 값싼 곳만 찾아다녔으며 1~2만 원 정도의 계산을 하는 데도 한참이 걸렸다. 지폐와 동전까지 세어서 계산하곤 하였다. 처음부터 많이 이상했지만 지켜보기로 하고 만남을 계속했다. 그는 자기를 믿지 않느냐고 했다. 자기가 거짓말할 사람으로 보이냐고도 했다. 나는 실실 웃으며 생각해 보겠다고 하였다. 그는 당장 대답을 해달라고 했다. 나는 하루만 생각하고 내일 아침 답을 주겠다고 하였다. 다음 날 아침 그가 전화를 걸어 "누나, 3천만 해주라." 절규했다. 삼천만 원만 있었으면 이 달콤한 연애를 이어갈 수 있었을까.

그는 한때 책을 출판할 정도로 전문적인 노하우를 가지고 성공한 사업가였음에는 틀림이 없다. 그러던 그가 사업이 어려워지고 달리 돈 벌 방도가 없어서 이런 궁리를 한 것일까?

'가장 스마트한 결혼 방법, 합리적으로 인연을 찾는 결혼중개앱'이라는 어플을 통해 만난 사람과의 해프닝이다.

결혼중개앱

######

쉰아홉의 어느 날. 사는 게 무료하다. 옆에 짝꿍도 없고, 말 상대할 친구도 없다. 이렇게 혼자 늙어 죽는 거 아닌가. 예순이 넘으면 여자로서의 삶은 끝이라고 생각되었다. 지푸라기라도 잡아야 한다는 심정이었다.

깊은 밤 누구에게 들킬세라 숨죽여가며 결혼중개앱에 가입하였다. 그리고 드디어 신세계가 열렸다. 다음 날 아침까지 54명의 남자들에게 문자가 와 있었다. 모든 남자들은 다 거기에 있었나 보다.

사진, 나이, 직업, 재산 정도, 수입 정도, 학력 등을 자세히 쓰게 되어 있다. 다 맞는다고 보기는 어렵다. 검증 절차는 없다. 어쨌든 일단 나이가 나와 맞아야 했다. 당연히 잘생기고 직업 좋고 재산 많은 사람 순으로 보게 된다.

나는 흥분을 가라앉히고 차례대로 인사를 나누고 대화해 보았다. 문자를 하다가 통화로 이어졌다. 백 명쯤과는 문자를 하였고, 스무 명과는 통화를 했다. 직접 만난 사람은 네 명이다.

은퇴한 전직 선생님이시라는 분. 프로필이 화려하다. 60대 초반으로 왕성한 SNS 활동을 한다. 글쓰기 강의도 하고 시도 쓴다. 캘리그라피도 상당한 실력으로, 여러 개의 작품들이 업로드되어 있었다.

우리는 통화하기로 하고, 그가 전화를 했다. 열정이 넘치는 목소리였다. 그는 내가 맘에 든단다. 나도 호감이 갔다. 우리는 다음 주에 만나기로 하고 아침저녁으로 통화를 하였다. "요즘 사람들 너무 돈돈 하는데 우리는 그러지 맙시다." 그런다. 자기는 조그만 아파트를 가지고 있으며, 적지 않은 연금이 나와 사는 데에는 아무 문제가 없단다. 솔직하고 직설적인 사람이라 생각되었다.

아침부터 저녁까지 바쁜 일정을 보내는지, 늘 자기에 대해서는 할 말이 많았다. 우리나라 정치에 대해서 신랄하게 비판하였다. 주사파 빨갱이들이 문제라는 것이다. 나는 조심스럽게 "정치색이 너무 뚜렷하시고 생각하시는 게 저와는 많이 다르시네요." 하고 말했다. "그런 거 걱정하지 않아도 돼요. 내가 만나서 다 이해시킬 수 있어요. 내가 설명해 주면 내 말이 맞는다는 것을 알게 될 거예요." 그는 너무나 자신 있게 말했다. 나는 더 이상 그와 연락하지 않았다.

어플로 알게 된 다른 남자. 그를 만나기로 하고 신촌의 카페로 가던 중이었다. 그 남자에게 전화가 왔다. 도착했으나 카페에 사람이 너무 많아 무서워서 못 들어가겠다는 것이다. 오랜만에 서울에 와서 적응이 잘 안 되나 생각했다.

이 남자는 일 년간 제주살이를 하기 위해 제주도에 가 있다고 하였다. 혼자서 제주도에 방을 얻어 온라인으로 일을 하며 지낸단다. 내가 갈 때까지 카페 밖에서 기다리고 있던 그를 만났다. 길에서 어중간하게 인사를 나누고 근처 조용한 곳을 찾아보았지만 마땅한 곳이 없었다.

한참을 걸어 사람이 뜸하고 조용한 식당을 찾아 들어갔다. 첫 만남에 설렁탕을 시켜 놓고 앉았다. 딱히 뭐라 말할 수 없는, 그냥 인상 좋은 동네 아저씨 같았다. 그는 말이 없었고 "요즘 남자들 말 잘못했다가는 수갑 차는 세상 아니냐."라고 했다. 여자 만나기 무섭다고 했다. 무서운데 어쩌려고 제주도에서 여기까지 왔는지 모르겠다.

나는 실실 웃으며 제주살이가 어떤지, 결혼중개앱에서 다른 여성도 만나 보았는지 물었다. 만나는 것은 오늘 내가 처음이고 전화는 많이 했단다. 서로 원하는 것이 다르기 때문에 맞추기가 어렵다고 했다. 왜 여자를 만나려고 하는지 물었다. "글쎄요, 뭐 아무래도 곁에 사람이 있는 게 낫지 않겠어요?" 그런다.

내가 보기에 이분은 제주에서 한가하게 혼자 지내는 것이 맞는 사람 같았다. 처음 만남인데 뭐 드라마틱한 게 1도 없다. 나는 기운이 빠졌다. 시간이 빨리 지나기를 바랐다.

또 다른 남자하고는 만나기 전에 전화 통화를 시도 때도 없이 많이 했다. 아침에 일어나자마자 전화하여 잘 잤느냐, 자기 생각 얼마나 했느냐, 보고 싶다, 그러면서 부드러운 목소리로 애교를 부린다. 이 남자도 나보다 세 살 연하다. 보기도 전에 호칭이 '자기야'다.

자기야, 뭐해? 자기야, 오늘 내 생각했어? 자기야, 밥 먹었어? 자기야, 우리 뽀뽀하자, 그러면서 전화기에 대고 뽀뽀를 해댔다. 나도 미친년처럼 맞장구를 쳐줬다. 어쩌나 보려고. 자기는 엄마와 둘이 사는데 결혼하면 새 아파트를 사서 분가한다고 했다. 상황으로 봐선 바로 결혼이라도 할 것 같았다.

드디어 만나는 날. 어느 야외 공원에서 보기로 하고 내가 먼저 도착하여 기다렸다. 잠시 후 차가 한 대 도착하고 남자가 내린다. 딱 봤는데 그냥 아니다. 잘생겨서도 못생겨서도 아니고 그냥 아니다. 나는 헛웃음만 나왔다.

70대 초반의 어느 할아버지께서는 전직 고위 공무원이시란다. 아침 이른 시간에 전화하여 일장 연설을 한 시간이나 했다. 중간에 끊어야 했는데 그러지 못했다. 나보고 무슨 일 하는지 묻는다. 한 달 수입은 얼마인지, 재산은 얼마인지 묻는다. 어이가 없었지만 솔직하게 대답했다. 가진 것 별로 없고 수입도 쥐꼬리만 하다고.

남자를 만나도 계속 일을 할 거냐고 묻는다. 남자가 돈이 많다면 일을 안 하고 싶다고 했다. 그는 그게 문제라고 호통을 쳤다. 자기는 서울에 아파트를 가지고 있는데 그게 10억이란다. 여자도 그 정도의 재산이 있어야 한다고 했다. 감히 자기 같은 남자를 넘보느냐고 한다.

여자가 팔자 고치려고 결혼하려는 하는 것은 구시대적인 발상이고 남자 치다꺼리나 해주면 된다는 생각이 얼마나 어리석은지를 설명한다. 시대가 변했으니 동등한 위치에서 독립적 경제가 가능해야 한다고 했다. 지금까지 여러 여자를 만났으나 그런 여자 하나 없었단다. 모두들 자기 돈을 빼먹을 생각만 했단다. 죄송합니다. 저는 왜 남자를 만나려 했을까요.

은퇴하여 시골에 전원주택을 지어 놓은 남자들, 같이 살아줄 여자만 있으면 된다는 남자들이 의외로 많았다. 여자들은 시골 가서 사는 것을 싫어한다는 것을 모르나 보다. 귀촌하여 공기 좋은 곳에서 한가하게 여생을 살고 싶은 것이 남자들의 로망이라는 것을 그때 알았다.

조금 가진 것이 있는 남자들은 그것을 뺏길까 봐 전전긍긍하고 의심의 눈초리로 여자를 대했다. 여자가 조금 적극적이면 직업여성으로 오해한다. 남자들은 한결같이 여자들이 무섭다고 했다. 정기적인 만남을 갖자고 제안하는 여자들이 대부분이란다.

결혼중개앱을 통하여 나는 많은 남자들을 울렸다. 한 번이라도 만나 달라고 애걸복걸하는 사람이 수도 없이 많았다. 나는 꼬박 두 달 동안 너무 많은 남자들 속에서 허우적거렸다. 나는 과연 좋은 여자일까, 아닐까. 좋은 여자란 무엇일까.

자연인이 되고 싶은 남자들

우리 사 형제는 나이 들수록 더 화목하게 잘 지낸다. 언제부터인가 자녀들이 다 성장하고 이제는 어른들만 모인다. 다 같이 모이기를 좋아하고, 모이면 즐겁고 행복하다. 각자의 배우자와 나까지 일곱 명이다. 원래 여덟 명이어야 맞는데 나만 짝이 없어 일곱 명이다.

나는 그것을 의식하지 않으려 하지만 언제나 의식되었다. 그게 우리 집안의 흠이라면 흠이다. 그러나 내색하지 않는다. 여기에 속해 있을 때 위로가 되고 살아갈 힘이 생겼다. 오빠는 "희경이 좋아 보인다." "희옥이는 진짜 피부 좋다." 하며 첫마디로 여동생들에 대한 칭찬을 한 가지씩 한다.

새언니(올케라는 말은 오라버니의 계집이란 뜻으로, 나는 쓰고 싶지 않은 단어다.)는 시집 식구 모이는 것을 좋아하였다. 기꺼이 장소와 시간과 음식을 제공해 주는 역할을 맡아 주었다. 그렇기 때문에 우리가 더 화기애애한 동기간의 우애를 이어나갈 수 있었다.

오빠는 나보다 다섯 살 위다. 부모님이 다 돌아가신 지 오래다 보니 오빠 부부가 부모님 역할을 하였다. 내가 결혼할 때 서른 살밖에 되지 않은 오빠가 아버지를 대신하여 신부 입장을 해주었다. 새언니는 친정엄마가 되어 혼주 역할을 했다. 가끔 그때 사진을 보면 눈물이 난다. 서른이면 지금 예진이보다도 어린 나이인데, 쪽머리를 하고 한복을 입고 딸을 결혼시키듯 어른스럽게 시누이를 결혼시킨 것이다.

내가 두 아이를 낳아 산후조리를 할 때도 새언니가 다 해주었다. 또 우리 아이들을 예뻐해 주었다. 나는 새언니의 은혜를 잊지 못한다. 언니 오빠에게 잘해야 한다는 게 나의 기본 마인드다. 나는 어버이날 꼭 오빠와 언니에게 인사를 한다. 부모님이라 생각하며.

오빠는 평소 말이 없다가 동생들을 모아 놓고 말이 많아진다. 한동안은 뒤늦게 시작한 직장에서의 일을 우리에게 다 얘기하였다. 그처럼 디테일까지 동생들에게 다 털어놓는 오빠도 없었었을 것이다. 이래서 좋았다 저래서 나빴다, 요즘 애들은 정말 그러느냐, 이런 일이 있었는데 어떻게 생각하느냐, 세월이 너무 빨리 지나간다, 은퇴 후 어떻게 살아야 할까 등등. 우리의 대화는 다양했다. 이야기 끝에는 자기는 은퇴하면 시골에 가서 자연과 더불어 조용히 살 거라는 이야기를 꼭 했다. 그러면 새언니는 "나는 안 갈 건데." 했다.

오빠는 취미가 독특한 사람이다. 한때는 오디오 마니아였다. 온 집 안을 앰프와 스피커로 채워 놓기 시작했다. 각종 진공관과 앰프 증폭기, 셀 수 없이 많은 스피커들을 사들였다. 아파트 거실의 조명을 낮추고 클래식 음악을 감상한다. 멋지지 않을 수 없다. 때로는 아파트 전체가 울릴 정도로 크게 틀어 언니가 질색하기도 했다. 오디오 마니아의 스테레오 장비는 가격이 엄청났다. 돈이 없으면 할 수 없는 취미다. 그 덕에 나도 고전적인 앰프와 스피커 하나를 얻어 나의 거실을 장식하고 있다.

그다음 취미는 커피다. 오빠는 처음부터 스케일이 크다. 원두 로스터기부터 장만한다. 케냐, 예가체프, 에티오피아, 콜롬비아 원두를 마대로 직접 수입했다. 수입한 원두를 로스터기에 볶는다. 온 집 안이 커피 향으로 진동하지만, 그 화기가 빠지는 데는 며칠이 걸린다. 그라인더를 큰 거, 작은 거 하여 몇 개, 각종 핸드 드립 주전자도 구입했다. 거기다가 맛과 향이 다른 커피를 같은 잔에 마실 수는 없다. 분위기 다른 찻잔들을 오만 가지 다 사들였다. 볶은 콩은 지인들과 나누었고, 원하는 사람에게는 원가로 팔기도 하였다.

그러니 우리 식구가 다 모이면 커피 담당은 늘 오빠다. 한 사람 한 사람의 개성에 맞추어 쓴맛, 신맛, 고소한 맛 등등 세상에서 제일 맛있는 커피를 제공한다. 오빠는 멋진 사람이다. 그러나 그 이면의 치다꺼리를 해야 하는 사람은 늘 새언니다. 경제적인 부담도 새언니의 몫이다.

한 2~3년 커피에 빠져 있다가 시들해질 무렵부터 오빠의 관심사는 농가 주택으로 옮겨갔다. 오빠는 TV 프로그램 〈건축탐구 집〉과 〈나는 자연인이다〉의 애시청자가 되었다. 농가 주택, 시골집 리모델링, 시골집, 시골땅 등이 그의 유튜브 검색어가 되어 밤낮없이 유튜브 시청에 몰두했다. 어느 날엔 경상도 어디에 집을 지으려고 땅을 샀다고 했다. 또 어느 날은 충청도 어디에 땅을 샀다고 했다. 금액이 천만 원 단위로, 이것은 커피 그라인더나 커피 잔을 사들이는 것과는 차원이 다른 일이었다.

"돈도 많네." 우리 동생들은 그저 놀라울 뿐이었다. 그러던 어느 날, 흥분한 목소리로 오빠에게서 전화가 왔다. 충청도 어딘가에 기가 막힌 농가 주택이 나왔는데 그것을 사야겠다는 것이다. 나에게 전화를 한 이유는 내 명의를 빌리자는 것이었다. 자기 이름으로 아파트 청약을 받을 예정이기도 하고, 새언니의 반대가 너무 심해서 본인 명의로 못 하겠다는 것이다.

"언니가 반대하면 하지 말아야지." 나는 안 된다고 거절했다. 오빠는 끈질기게 나를 설득시켰다. 이 가격에 이만한 땅과 집을 구입하는 것은 행운이란다. 자기가 모아둔 돈으로 충분하다고 말했다.

"언니의 동의를 받고 해요." 그럼에도 오빠는 내 이름으로 하면 언니도 동의할 것이라 했다. 나는 다른 것도 아니고 대한민국에 부동산을 자기 돈으로 산다는데 그렇게까지 말릴 필요 있는가 생각이 들어 해주기로 하였다. 사실 내 입장에서도 상당히 부담스럽고 예민한 부분이다. 내가 집을 살 때의 불이익도 감수해야만 하니깐.

필요한 서류를 보내준 다음 날 아침, 새언니에게서 전화가 왔다. 절대로 해주지 말라는 것이다. 큰일 났다. 나는 오빠에게 바로 전화를 걸어서 언니의 반대가 너무 심하니 하지 말자고 했다. 오빠는 이미 가계약금으로 천만 원을 보냈다고 하였다. 그 뒤 우리는 오랫동안 힘든 시기를 보냈다. 새언니는 더는 못 참겠다고 했다. 원인 제공자인 시누이, 나와 통화하는 것도 만나는 것도 거부하였다. 한순간에 평화가 깨졌다. 오빠는 언니와의 냉전이 길어지자 참지 못하고 오피스텔을 구하여 집을 나오는 사태까지 이르렀다.

그해 구정에도 그다음 해 추석에도 그 누구의 생일에도 우리는 가족 모임을 하지 못했다. 이렇게 두 해가 지나갔다. 그야말로 암흑기였다. 나는 오갈 데 없는 고아 신세였다. 죄인이 되어 절절맸다. 그러다가 사위까지 본 새언니가 사위 보기 민망해서인지, 오빠가 싹싹 잘못했다고 빌었는지, 오빠는 슬그머니 집으로 들어갔고, 올해 초에 우리는 다시 가족 모임을 할 수 있었다. 나는 오빠 부부가 예전처럼 금실 좋은 부부로 지내길 바랐다. 어떻게 타협을 봤는지 모르겠지만 주말에 오빠 혼자 시골집에서 지내고 온다고 했다.

오빠가 사놓은 시골집에 가볼 기회가 생겼다. 그냥 시골에 흔하게 볼 수 있는 그런 집이었다. 아니, 사실 요즈음엔 볼 수 없는 아주 허름한, 다 쓰러져 가는 옛날 집이었다. 외양간과 재래식 화장실이 마당에 있고, 본체에는 방 두 칸과 툇마루가 있다. 지은 지 몇십 년이 지났는지 알 수 없는 폐가와 다름없는 집이었다. 할머니 혼자 오랫동안 사시다가 최근에 요양원에 가시게 되어 집을 팔게 되었단다.

그동안 오빠가 짬짬이 오가며 청소하고 손질한 것이 이 정도라고 했다. 그래도 나는 별로 좋은 줄 모르겠다. 아니, 이게 뭐라고 이것 때문에 이 고생을 하나 싶었다. "여기가 좋아요?" 내가 물었다. 오빠는 "나는 정말 좋다." 그런다. "뭐가 좋은데?" "그냥 조용하고 아무도 간섭하지 않는 혼자만의 시간이 좋아." 클래식 음악을 크게 틀어 놓고 온종일 앉아 향기로운 커피를 마시면 세상 부러울 것이 없단다. 돈과 시간이 주어진다면 이 집을 조금씩 개조하여 멋지게 만들고 싶다고 했다.

호화로운 전원주택이나 신축 건물은 싫고, 옛집의 정취를 살려서 소박하고 아담한 자기만의 공간을 갖고 싶은 것이다. 사실 귀농을 한다거나 시골 생활을 즐기려면 땅을 좋아해야 한다. 무엇을 재배하고 수확하는 기쁨을 알아야 한다고 나는 생각한다. 오빠는 그것이 아니었다. 손에 흙을 묻혀서 흙 맛을 안다거나, 식물을 재배하고 가꾸는 것에는 관심이 없었다. 그저 세속을 벗어나고 싶어서일까, 문명을 거스르고 싶어서일까.

많은 남자들이 자연인을 꿈꾸며 오늘의 버거운 하루를 살아간다. 과연 정말로 시골에 가서 1년은 버틸 수 있을지는 모르겠지만….

나의 사치

♦♦♦♦♦♦

“너, 예전보다 정말 피부 좋아졌어. 표정도 밝아지고.” 친구가 만날 때마다 하는 말이다. 지금 좋다는 것보다는 예전에 안 좋았다는 말로 들린다. 나는 발끈했다. 표정이 밝아졌다고 하면 지금 내 표정이 좋구나, 생각하면 될 텐데 ‘예전에 내 표정이 어두웠었나?’에 집착하는 것은 아픈 내 과거에서 벗어나지 못했다는 증거다.

살아오면서 피부 나쁘다는 생각은 안 하고 살았는데, 친구는 내 피부가 좋지 않았다는 것을 상기시켜 준다. 먹고살기 바쁘니 피부 관리를 생각할 겨를이 없었다. 더구나 여드름이 잘 나는 민감성 피부여서 화장도 제대로 할 수 없었다. 그러니 피부가 좋았을 리가 없다.

이제는 아이들에게 들어가는 지출도 없고, 내가 특별하

게 소비생활을 하는 것도 아니어서 나를 가꾸어 볼 여유가 생겼다. 웬만한 사람들은 다 피부 마사지나 각종 피부과 시술을 받는다는 것을 알았지만 나는 한 번도 엄두를 내지 못하고 있었다.

나는 잡티가 많고 피부 톤이 전체적으로 어두웠다. 예전에 없던 점도 많아지고 무엇보다 탄력이 떨어져서 늙어 보였다. 나이가 들었으니 당연한 것으로 받아들이기에는 다른 또래와 비교가 되었다. 같은 나이라도 관리를 한 사람과 하지 못한 사람은 차이가 많이 났다. TV에 출연하는 연예인들은 남자든 여자든 반질반질한 피부로 나이를 가늠할 수 없다. 오랜만에 만나는 사람은 이전보다 더 젊어져서 나타났다. 그만큼 관리하고, 의술의 힘을 빌리는 것이다.

나도 뒤질세라 마음이 급했다. 작년에 처음으로 동네 피부관리 샵을 찾았다. 얼굴 피부의 케어를 받기 위해서다. 이곳은 등과 얼굴 마사지를 해주는 곳이다. 누워서 남의 손에 나의 몸을 맡기는 것이 송구하기도 하고 민망했다. 마사지사는 나의 뼈 마디마디를 눌러주었고, 아픔과 시원함이 동시에 느껴졌다. 또 얼굴에는 갖가지 팩과 영양 크림을 발라 주고 두들겨 주고 문질러 주었다.

서비스도 받아본 사람이 받지, 나처럼 처음 받아보는 사람은 내 몸에 다른 사람 손이 닿는 것이 너무 어색했다. 미안

하고 죄스러웠다. 하지만 해주는 분도 이것이 업이니 더 많은 사람에게 서비스를 해주고 더 많은 수입을 올리는 것이 목적일 것이다. 그러니 마음 편하게 갖기로 했다.

전문가인 그녀의 손길이 닿는 곳마다 뼈가 노곤노곤하고 시원했다. 얼굴에는 윤기가 흐르기 시작했고 피부색이 환해졌다. 돈 쓰는 맛이 났다. 회를 거듭할수록 만족스러웠다. 이렇게 하여 나는 그녀와 인연을 맺게 되었다.

"지난주 가셨던 일은 잘 되셨어요?" "구르미는 잘 있나요?" 어느덧 마사지사는 일주일에 한 번 만나는 말동무인 동시에 나의 찐팬이 되어주었다. 그녀는 기술도 좋았지만 말로 사람을 기분 좋게 해주는 재주가 있었다. 그녀는 일을 하면서 다양한 사람들을 상대로 다양한 이야기를 들을 수 있다고 말했다.

나는 미용실에 가서 펌을 할 때 장시간 한마디도 하지 않았던 사람이다. 그런 내가 스스럼없이 속마음을 털어놓기도 하고 그녀의 이야기를 들어주기도 한다. 나의 평범한 일상의 이야기도 그녀는 감탄하며 들어주고 과한 리액션을 해준다. 다른 곳에서 할 수 없는 이야기를 이곳에서는 할 수 있다.

일 이야기며 여행 다녀온 이야기, 글 쓰는 이야기를 그녀는 다 안다. 내가 환갑의 나이는 다시 시작하기 좋은 나이라고 했는데, 그녀는 팔에 소름이 돋으며 그 말에 감동받았다고 했다. 자기도 새로운 도전의 자극을 받았다고 했다. 나를 롤모델로 삼고 싶다고도 했다. 자기도 육십에 혼자 해외여행 가는 것을 목표로 해야겠다고 말했다. 그녀는 사십 대 중반의 나이니 나보다 더 멋진 인생을 펼칠 수 있을 것이다. 그녀는 내가 만난 사람 중에 가장 열심히 성실하게 사는 사람 중 한 명이며, 또 가장 순수한 사람이다.

어느 날 그녀의 얼굴에 근심이 가득했다. 이유인즉 평소 눈에 문제가 있어 안과에 다녔는데, 그것이 악화되어 수술을 해야 한다고 했다. 당분간 일을 할 수 없고, 수술하지 않으면 실명 위험이 있다고 했다. 가게 문을 닫아야 한단다. 나도 걱정이 되었고 그녀를 만날 수 없다는 것이 아쉬웠다. "너무 걱정 말아요. 나는 안 좋은 일이 있을 때마다 더 좋은 일이 있으려나 보다 생각해요." 내가 말해주었다. 내 말에 그녀는 활기를 찾았다. "정말요. 그렇게 생각하면 되겠네요." 역시 멋지다며 나를 칭찬했다.

나는 실제로 그랬다. 어려운 일을 마주할 때마다 더 좋은 일이 있을 거라 믿었고, 그렇게 되었다. 그 후 그녀는 샵을 폐업하였고, 나는 더는 그녀의 서비스를 받을 수 없었다. 그녀가 너무 걱정하지 않고 쉬면서 수술을 잘 받았으면 좋겠다.

돈에 여유가 있다면 끊지 않고 계속하고 싶은 것 두 가지가 있다. 데스 선생님과 하는 온라인 영어 수업과 피부 샵에 다니는 것이다. 그것은 돈과 시간을 들여야 한다. 두 가지 모두 나를 위한 투자이다. 어쩌면 사치일 수도 있고, 안 한다고 아무 문제 될 것은 없다.

하지만 이 정도의 사치를 누리고 살 수 있으면 좋겠다는 생각을 했다. 매일 아침 영어에 투자하는 시간이 두 시간이다. 예습하지 않으면 수업을 할 수 없어서 귀찮을 때도 있고 하기 싫을 때도 있다. 바쁠 때에는 한 달 정도 쉬어 볼까도 생각했다. 하지만 나는 한 번도 쉬지 않고 지금까지 1년 넘게 했다.

그만두기는 쉬울 것이다. 그러나 그만두는 순간 지금까지 해온 것이 도로아미타불이다. 나는 그것을 너무나 잘 알기에 오늘도 아침 일찍 일어나 영어 공부를 한다.

무엇이든지 돈을 들여야 효과가 있다고 생각한다. 돈 들이지 않고 혼자 하는 공부는 성과를 내기가 어렵다. 돈 들이지 않고 젊어지기란 더욱 어렵다. 이 두 가지를 하는 데는 적지 않은 금액을 지불해야 한다. 그럼에도 불구하고 나는 나의 두뇌를 쓰는 일과 외적인 만족을 위하여 이 두 가지를 계속하고 싶다.

메타버스는 어디 가는 버스야?

◎◎◎◎◎◎

키오스크. 공공장소에 설치된 무인 정보 단말기. 주로 정부 기관이나 은행, 백화점, 전시장 등에 설치되어 있으며 대체로 터치스크린 방식을 사용한다. 국어사전에서 정의한 내용이다. 하지만 요즈음엔 카페, 음식점, 빨래방, 도서관 등등 어디를 가든지 대면하게 되는 기계다.

그런데 이 기계가 사람을 차별한다. 특히 나처럼 나이 먹은 사람을 차별한다. 화면을 터치하세요. 화면을 터치한다. 다음으로 넘어가지 않는다. 한 손가락으로 살짝 터치한다. 넘어가지 않는다. 다섯 손가락을 다 이용해서 천천히 꾹꾹 누른다. 넘어가지 않는다.

뒤에서 기다리던 젊은이에게 도움을 요청한다. 그가 툭 건드리니 다음으로 넘어간다. 화가 난다. 언제나 이런 식이다.

나는 뭐든지 혼자서도 잘하고 싶은데, 키오스크 이게 뭐라고 늘 말썽이다.

누구 말에 의하면 젊은이들은 손가락이 촉촉하여 터치가 잘되고, 나이 든 사람의 손가락은 건조하여 터치가 안 먹힌다는 것이다. 그래서 사용할 때 손가락에 침을 좀 묻히라는 것이다. 참 더러워서. 사실 사용하기 이전에 '키오스크'란 단어부터도 입에 붙지 않는다. 몇 번을 연습하고도 막상 말하려고 하면, "그거 있잖아, 꾹꾹 눌러서 계산하는거. 셀프로…."

자고 일어나면 생겨나는 새로운 문명에 우리는 정신을 바짝 차리지 않으면 안 된다. 처음 핸드폰의 문자 메시지 기능을 나는 좋아하지 않았다. 자판 익히기도 어렵고 번거롭고 성가신 일이었다. 될 수 있는 대로 문자 보내기보다는 통화를 했다. 그러나 대세는 거르기 힘들었다. 문자 사용이 많아지는데 나 혼자만 사용하지 않을 수 없었다. 뒤늦게 따라 하느라 용을 썼다.

그 뒤로 나는 새로운 것이 나오면 빨리 익히자 마음먹었다. 포털사이트의 계정 만들기부터 쉽지가 않았다. 앱 지도를 이용하여 버스 타고, 지하철 타고 목적지 찾아가는 것, 온라인 서류 발급, 스마트 뱅킹, 이메일 보내기, 화면 캡처, 캡처한 이미지 수정, 화면 캡처하여 보내기, 파일 변환, 파일 압축, 압축 파일 풀기, 첨부파일 보내기, 링크 만들기, 링크 보내기, 계정 만들기, 회원 가입하기, 카페 만들기, 블로그 만들기…. 이 모든 것들을 적절하게 잘 사용하여야 한다.

잠시라도 한눈을 팔면 놓친다. 한번 놓치면 따라가기 어렵다. 효자 효녀인 자녀가 있으면 더 따라가기 어렵다. 안 될 때마다 자녀를 불러대고 자녀들이 해결해 주면 배울 기회를 놓친다. 내가 혼자 해결하려고 서너 시간을 붙잡고 끙끙댔는데, 아이들이 하면 바로 해결된다. 그럴 때 정말 기운 빠진다. 디지털 기술의 혁명은 우리의 생활을 완전히 바꾸어 놓았다.

"메타버스는 어디 가는 버스야?" 한동안 매스컴을 통해서 메타버스 이야기가 많이 나왔다. 디지털 지구, 미래의 가상현실 세계를 의미하는 단어였다. 메타버스(Metaverse)는 가상을 뜻하는 메타(Meta)와 현실 세계를 의미하는 유니버스(Uuniverse)의 합성어다. 사실 나는 메타버스(Metabus)로 생각하고 한 질문이다.

혼자 민망해서 부리나케 서점으로 가 메타버스에 관한 책을 한 권 샀다. 『메타버스 새로운 기회』라는 제목의 책이다. 이 책의 내용은 지금까지 이루어졌던 인터넷과 스마트폰의 혁명보다 더 거센 대혁명이 일어날 것이란다. 모든 것이 3차원의 가상 현실 속에서 이루어지며, 경제나 직업 등 현재의 패러다임이 다 바뀔 거란다.

나는 두렵다. 편리한 삶을 위하여 과학이 발달하고, 첨단 기술이 삶의 질을 향상해 주는 것까지는 좋다, 하지만 그 속도가 너무나 빠르다. 우리의 몸이 그것을 따라가기 어렵다. 한 20년 전 나에게 컴퓨터를 배우던 60대 어르신이 그러셨다. 신문 지면에 본인과 상관없는 기사가 점점 많아지는 것이 너무 서럽다 하셨다. 예를 들어 인터넷에 관한 기사나 싸이월드 같은 기사였을 것이다. 지금 내가 그렇다.

요즘이 어떤 시대인가. AI가 일주일에 한 번씩 전화를 걸어와 나의 건강 상태를 묻는다. 얼마나 걸었는지, 무엇을 먹었는지, 잠을 잘 잤는지 꼬치꼬치 캐묻는다. 그리고 피드백을 문자로 준다. 어색하고 낯설었지만 몇 번 반복되다 보니 익숙해졌다. 기계와 이야기를 나누다니.

이야기뿐이랴. 나이 드신 어르신 혼자 계신 집에 로봇 한 대씩을 보내드린다. 일어나세요. 안녕히 주무셨어요? 인사도 한다. 약 먹을 시간이에요. 물도 갖다 주고 걷는 것도 도와준다. 이야기도 들려주고 노래도 해준다. 위급 상황이면 자식이나 경찰에 전화도 걸어 준다. 어느 자식이 이렇게 해주겠는가. 우리 나머지 생은 로봇과 벗 삼아 살아야 할 것 같다.

나는 이모티콘 사용에 익숙하지가 않았다. 함축된 이미지의 이모티콘은 내 감정보다 과한 것처럼 느껴져서 사용하기 민망했다. 사용하기를 주저하고 소심하게 문자로 '네', '반갑습니다', '고맙습니다' 정도로 표현하였다.

그러다 어느 날부터 큰맘 먹고 여러 개의 이모티콘을 구입해서 화려한 이모티콘을 마구 날렸다. 그런데 아무도 이모티콘을 사용하지 않는 것이었다. 그렇게 촌스러울 수가 없었다. 젊은 아이들이 유행어를 만들어 사용하다가 어른들이 따라 하면 더 이상 사용하지 않거나, 다른 것으로 바꾼다는 것을 알았다. 적당한 타이밍을 놓친 것이다.

이렇듯 유행은 빨랐다. 세상은 하루가 다르게 달라지고 있다. '옛날이 좋았는데' 생각하는 사람은 현실에 뒤떨어진 사람이 된다. 아휴, 피곤하다.

소꿉친구들

UUUUUU

훈이, 영숙이, 영희, 미향이, 승옥이, 형선이, 효경이, 희경이….

정겨운 이름이지 않은가? 국민학교를 졸업하고 거의 40년 만인 11년 전, 우리는 동창회라는 이름으로 다시 만났다. 그때가 쉰 살 즈음이었다. 나는 사느라고 바쁘기도 하고 이혼하고 모든 인맥이 끊기어 친구를 만나서 놀거나 마음을 나눌 여유도 없을 때였다. 그리고 오랫동안 잊고 살아서인지 이름도, 얼굴도, 그들과의 추억 또한 하나도 생각나지 않았다.

또 이혼녀로 혼자 살면서 친구들을 만나는 것도 탐탁하지 않았다. 다행인 것은 그 당시 나는 두 자녀가 다 대학에 들어가고 그나마 약간 마음의 여유가 생겼다는 것이다. 용기를 내어 옛 친구들을 만났다.

우리가 처음 만난 곳은 고향인 공주였다. 남자 친구, 여자 친구 해서 총 스무 명 정도 되었다. 우리는 만나기로 한 음식점 주차장 저쪽에서 서너 명의 남자들이 우리를 기다리고 있는 것을 보며, "저 사람들은 아니겠지? 연식이 너무 들어 보인다." 말했다. 그런데 그들이 머뭇머뭇하며 우리 앞으로 오는 게 아닌가!

"혹시 중동초등학교?" 그런다. "너, 조현수?", "어, 너는 백승옥!" 우리는 보자마자 반말을 하며 "야! 자!"가 자연스러웠다. 만나자마자 바로 40년 전으로 돌아간 것 같다.

식당 안으로 들어가니 남자 친구들이 열 명 정도 와 있었고, 여자 친구들도 열 명 정도 되었다. 남자 친구들은 거의 공주 인근에 살며 고향을 지키는 친구가 많았고, 여자 친구들은 수도권 지역에서 많이 살았다. 우리들은 다들 늙어서 머리카락은 없고 얼굴은 주름이 많아 영락없는 오십 대 아줌마 아저씨였다. 그러나 우리는 서로를 쳐다보며 '어쩌면 그렇게 옛날 그대로냐'면서 호들갑을 떨었다,

나는 속으로, '옛날 그대로 좋아하시네.' 하고 비웃었다. 게다가 나는 아무도, 어느 것도 생각나지 않았다. 친구들은 기억력이 어찌나 좋은지 어린 시절의 일화들을 줄줄이 이야기하며 웃고 떠들었다. 나는 너무 오랜 시간 나에 대하여 잊고 살았는지, 정말이지 기억에 없었다.

나는 유년 시절에 충청남도의 조그만 읍이었던 공주에서 살았다. 개천 다리 건너 공주성결교회가 있었고, 그 맞은편에 공주우체국, 공주문화원, 뒤편으로 공주소방서, 옆에는 어린이 놀이터가 있었다. 우리가 싸돌아다니며 놀던 주무대였다.

내 기억에는 많은 시간을 공주성결교회에서 보냈던 것 같다. 예배드리는 시간 외에는 아무도 없어서 웅장하지만 조용한 곳이었다. 그곳에는 1층에는 피아노, 2층과 3층에는 오르간이 있었다. 그곳에서 피아노나 오르간을 치는 것이 나의 큰 즐거움이었다. 누가 가르쳐 주는 사람도 없었고, 그냥 계이름을 외워서 두들기는 수준이었다. 교회 목사님, 사모님이나 전도사님 같은 분들이 오면 슬그머니 나와야 했다.

좁은 계단을 타고 교회 탑으로 올라가면 온 동네가 다 내려다보인다. 여러 가지 행사에 쓰였던 물건들이 많아서 그곳에서 시간을 보내는 것은 정말 재미있었던 추억이다. 크리스마스 때 추위에 떨며 어른들 사이에 끼어 새벽 송을 돌던 기억, 크리스마스 행사로 했던 연극과 무용. 아직도 나의 옛 사진 앨범에는 그 당시 흑백 사진이 있다. 그 옛날 그럴싸하게 분장하고, 발레복과 타이즈를 갖춘 채 찍은 사진은 지금 보아도 근사하다.

교회에서 하는 동화 대회는 우리 형제들이 다 휩쓸었다. 그때 나는 성경 구절도 잘 외우고 기도도 잘한다고, 커서 전도

사 되겠다고 하는 소리를 들었다. 어디를 가나 어른들에게 귀여움을 받았다. 몇 년 후 크리스마스 때에 공주성결교회에 불이 났다. 교회 전체를 태우고 교회 탑이 무너져 내리는 것을 두 눈으로 보는 건 어린 나에게 큰 충격이 아닐 수 없었다. 그것이 내 어린 시절의 가장 큰 사건이었나 보다. 지금 그것이 생각나는 것을 보면.

지금 가보면 조그만 공공기관일 뿐인 우체국, 소방서, 문화원 등이 어린이의 시선으로는 거대한 궁전이 아닐 수 없었다. 내 기억에, 우체국의 대리석 바닥과 돌기둥은 우리들의 또 다른 놀이터이었다. 정사각 모양의 대리석 위에서는 금을 그리지 않고도 여러 가지 놀이를 할 수 있었다.

커다란 돌기둥은 술래잡기 놀이를 하기에 안성맞춤이었다. 소방서 뒤쪽의 놀이터에서 그네를 타다가 공중에서 뚝 떨어졌던 기억도 생각난다. 보슬보슬한 흙바닥에서 하던 공기놀이와 땅따먹기 놀이도 떠오른다. 공주에서의 어린 시절, 내 기억의 저편에 아직 자리 잡고 있는 소꿉친구들과의 시간이다.

우리들의 난리 블루스

ꓵꓵꓵꓵꓵꓵ

올해 우리는 모두 환갑이다. 친구들과 환갑 여행을 제안한 것은 훈이다. 우리나라 제일 남단 끝인 남해에 지인이 에어비엔비 숙박을 처음 시작하는데, 우리가 첫 손님으로 가자는 것이었다.

내가 나서서 연락책이 되어 친구들을 모았다. 다들 각자의 생활이 있으니 스케줄 맞추기가 쉽지 않았다. 그래도 환갑 이벤트라는 명분이 뚜렷해서인지 친구 일곱 명이 모두 가기로 어렵지 않게 의견이 일치되었다. 나는 여러 친구들과의 여행은 처음이다. 이사한 지 일주일밖에 안 되는데, 집 정리는 나중으로 미루고 설레는 마음으로 친구들과 여행을 떠났다.

도착한 곳은 남해 아름다운 바다 뷰가 확 펼쳐져 있는 예쁜 이층집이었다. 1층에는 소파와 주방이 있고, 2층은 화장실과 침실이 있었다. 바닷가의 오두막집을 연상시키는 하얀 집이다. 우리 사이에선 연달아 탄성이 나왔다. 신이 났다. 모두들 오랜만에 집을 떠나 홀가분한 마음으로 즐길 수 있었다. 말 한마디에 까르르 웃고 떠들었다. 다시 소녀 시절로 돌아간 것처럼 즐거웠다.

친구들은 신기하게도 모습이나 성격, 목소리까지 옛날 그대로이다. 각자의 캐릭터가 어린 시절과 똑같다. 우리는 만나자마자 왁자지껄 시끄럽게 떠들었다. 늘 만났던 친구처럼 어색함은 찾아볼 수 없었다.

나이가 어느 정도 든 후에 친구들을 만나니 참 좋은 것 같다. 나는 늘 외톨이라 친구 하나 제대로 없다고 생각했는데, 이렇게 일곱 명이나 되는 친구들과 흉허물 없이 지내면서 행복했다. 나도 주위에 아무도 없는 것이 아니구나. 나는 이 친구들이 든든하고 좋았다.

서로들 산전수전 다 겪었단다. 서로 경쟁이나 하듯 사느라고 많이 힘들었다는 이야기를 한다. 다행인 것은 그 고생들이 다 과거인 것이다. 이제는 다 지나갔다. 시댁 식구들과의 어려움, 남편의 사업으로 인한 어려움, 자식 키우는 어려움 등등 누구 할 것 없이 우리가 겪어야 할 모든 것들은 다 겪었다.

그래서 아무 거리낌 없이 이야기를 하는 것이다. 서로 둥글둥글해진 성격으로, 세상 어떤 것도 이해 못 할 것이 없다.

그날 낮에는 해상 케이블카를 탔다. 티켓은 크리스털 캐빈 티켓과 일반 캐빈 티켓이 있었는데, 크리스털이 오천 원 더 비쌌다. 나는 비싼 게 더 좋겠지 싶어 크리스털로 구입했다. 크리스털 캐빈은 바닥이 투명한 유리로 되어 있어 발아래 바다가 바로 보인다.

바닥이 있음에도 불구하고 우리는 무서워서 발을 내딛지 못했다. 아찔한 스릴과 환상의 체험이다. 발아래 푸른 바다가 펼쳐져 있고 멀리 안개가 낀 산을 감상하였다. 아름다움에 탄성이 절로 나왔다.

햇볕이 쨍쨍한 7월 초순의 평일에 관광객은 우리밖에 없었다. 우리는 마음껏 소리를 질러대고 웃었다. 산 정상의 전망대에서 바라보는 푸른 바다와 섬들은 우리들의 가슴을 시원하게 해주었다. 모두들 오랜만에 맛보는 쾌감이었다.

날이 저물어 맛있는 저녁을 먹고, 우리는 약간의 간식거리와 와인을 사서 숙소로 돌아왔다. 훈이가 집에서 만들어 온 라이스케이크가 제법 근사했다. 흰 무리떡에 블루베리를 넣고 동그랗게 케이크 모양으로 만들어 왔는데 예쁘기도 하고 맛도 좋았다. 집에서도 이런 떡을 거뜬히 해내는 훈이가 대견스러웠다.

준비해온 과일과 라이스케이크를 안주로, 우리는 와인을 한 잔씩 따랐다. 멋진 크리스털 와인잔이 준비되어 있어서 더욱 좋았다. 우리는 "치얼스(Cheers)"를 외치며 와인을 마셨다. "애들아, 요즘 이혼이 유행인데 너희들은 어떻게 이혼도 안 하고 아직까지 그렇게 잘 사냐?" 내가 말했다. "왜 나만 이혼을 해 가지고." 나는 혼잣말을 했다. 그러자 친구들이 그런다. "왜 이혼 사유가 없겠냐, 그냥 참고 사는 거지. 지금은 그냥 의리로 산다." 나를 위로하려고 하는 것인지 다들 그렇게 말했다. 같이 살아도 어려움이 있고, 트러블도 있단다. "너는 혼자 사니 얼마나 좋으냐?" 그런다. 남편과 같이 살아도 힘든 일이 많단다.

사실 나는 이혼하여 혼자 사니 나만 힘들다고 생각했다. 나 외의 다른 사람들의 힘듦은 생각해 보지 못했다. 늘 나만 아프다고 생각했다. 언니에게나 친구들에게도 나는 이혼했으니 특별히 더 힘들다는 것을 은연중에 강조하지 않았을까 하는 생각이 들었다.

그날 밤 우리는 약간의 취기를 느끼며 살아온 이야기를 나누었다. 우리는 누구랄 것도 없이 모두 이 험한 세상 열심히 잘 살아왔음을 자축했다. 가정을 지키고, 자녀를 잘 성장시키고. 60세에 비로소 뒤를 돌아보며 쉼을 가져본다. 열심히 살았어, 나는 나에게 상을 받을 충분한 자격이 있어, 잘했다 칭찬하며 우리들의 환갑을 축하하였다. "이제부터는 이혼했다는 핑계로 나만 더 힘들다고 하지 않을게." 나는 혼자 중얼거렸다.

같은 시대를 살아온 우리들은 어느 시대 누구보다도 대한

민국 발전에 이바지한 세대다. 우리 세대는 부모님을 모시고 자식을 키우며 살아가는 마지막 세대가 될 것이다. 우리는 우리 자식들이 우리를 모시고 살 것이라고 기대하지 않는다. 기대하지 않는다기보다는 현실적으로 어렵다는 것을 안다. 그렇지만 우리는 누구를 원망하지도 않으며, 현실을 부정하지도 않는다. 모든 것이 우리 자신의 어깨에 달려 있다는 것을 너무나 잘 안다. 지금까지 잘 살아왔듯이 앞으로 더 잘 살 것이라 생각한다.

밤이 깊어가는 줄도 모르고 우리들의 이야기는 계속되었다. 다음 날 아침 일찍 일어나 일출을 보려면 빨리 자야 하는데 잠이 오지 않았다. 자는 둥 마는 둥 날이 새고, 친구들은 아침잠이 없는지 다들 일어났다. 새벽에 느끼는 바다는 태초의 하나님이 창조하신 그것처럼 고요하고 거룩하고 새로웠다. 멀리 안개비와 어우러진 수평선은 꿈꾸듯 춤을 준다. 상쾌한 공기를 들이마시며 새 아침의 아름다움을 즐긴다.

우리는 천천히 걸으며 사진도 찍고 둘씩 둘씩 짝을 지어 이야기를 나눈다. 안개비가 내려 일출을 볼 수는 없었다. 작은 어촌 마을의 노부부가 손수 해주는 아침밥을 맛있게 먹었다. 우리 여자들은 밖에 나와서 남이 해주는 밥 먹는 것이 제일 좋다. 식구들 밥걱정 안 하는 것도 좋다. 지금 딱 좋다.

2박 3일의 여행은 약간의 아쉬움이 있었다. 너무 빨리 지나간 것이다. 남해의 보리암과 독일 마을, 편백나무 휴양림, 다랭이 마을 등 이름난 곳은 다 돌아보았다. 남해에는 특이하게 독일 마을이 있다. 옛날에 독일로 파견된 근로자들이 귀국하여 정착한 마을이 이곳이다. 독일식 건축물과 독일 음식을 파는 레스토랑들이 이국적인 분위기로 관광객들을 맞이한다. 우리는 독일 마을에서 독일식 스테이크와 소시지, 햄, 피자 등을 아주 맛있게 먹었다. 저녁에는 유명한 횟집에서 신선한 회를 먹었다.

이번 여행을 통하여 나는 많은 것을 생각하게 되었다. 친구의 주름진 얼굴을 보면서 내 얼굴이겠거니 생각했다. 친구의 살아온 이야기가 내 이야기이기도 했다. 친구들의 이해심과 배려를 보며, 나도 저 정도의 이해심과 배려는 가지고 살아야 하지 않겠나 생각했다. 시골 조그만 마을의 코찔찔이들이 성인이 되고 훌륭한 사회의 일원으로 열심히 살아 이렇게 지금의 대한민국을 이루었다. 가슴 뿌듯한 일이 아닐 수 없다.

나는 친구들 한 명 한 명을 보면서 그들의 성실한 삶에 경의를 표한다. 모두가 쉽고, 편하고, 행복하게만 살았겠는가. 때로는 힘들고, 고단하고, 불행한 시절이 있었을 것이다. 지금 우리는 다 지나갔다고 생각하지만, 인생은 알 수 없다. 언제 어떤 시련이 닥칠지 알 수 없다. 그러나 우리에게는 모든 것을 슬기

롭게 헤쳐나갈 지혜와 연륜이 생겼다. 우리는 우리의 삶을 아름답게 펼쳐나갈 것이다. 앞선 그 어느 세대보다도.

두 번째 날의 밤도 잠을 이루지 못하고 우리들의 이야기는 끝이 없었다. 아쉬움에 1년에 한 번씩 국내든 해외든 여행을 할 수 있었으면 좋겠다고 이야기를 나누었다. 우리는 그러자고 의견 일치를 보았다. 실제로 매년 같이 여행할 수 있을지는 알 수 없다. 그래도 우리의 노후가 한가롭고 풍요로운 시간이 되길 희망해 본다.

60대가 좋다

⇔⇔⇔⇔⇔⇔

여행을 마치고 각자의 일상으로 돌아왔다. 사실 나는 마음이 바빴다. 우선은 집 정리를 해야 했다. 이 집이 나만의 안락한 공간이면 좋겠다. 두 식구에 6인용 테이블을 장만했다. 내가 가장 비중을 둔 공간이다. 원래는 원목으로 사고 싶었다. 내 집에 널찍한 원목 식탁을 들여놓는 것이 로망이었다. 막상 가구 거리를 돌아보며 이것저것 보니 원목보다 세라믹 테이블이 더 세련되고 우리 집에 어울릴 것 같았다.

상당한 가격이었지만, 이 테이블은 언니가 생일 선물로 사주기로 했다. 그리고 구매 즉시 우리 집 주방 한가운데를 차지하게 되었다. 나는 너무 좋았다. 온종일 이곳에서 시간을 보냈다. 밖에 나가지 않아도 되는 날에는 이곳에서 일도 하고, 책도 읽고, 글도 쓰고, 공부도 하고…. 아무에게도 방해받지 않고 꿈을 펼치는 소녀처럼 나는 행복했다. 그것은 식탁 이상의 것이었다. 너무 좋다. 그리고 이제까지 누려보지 못한 사치를 부려보았다. 거실 소파 위에 커다란 유화 그림 한 점을 사서 걸었다. 거실 창밖의 풍경은 초록의 산과 나무들이 어우러져 한 폭의 그림 같다. 너무 완벽했다.

이 모든 것을 나의 자랑으로만 여기지 말았으면 좋겠다. 누구에게는 일찍이 이루었을 너무나 소소한 일이다. 그들은 어쩌면 나를 유치하다고 생각할 수도 있다. 지금은 집 꾸미기나 살림 장만하는 것에 시시해져 나의 마음을 이해하지 못할 수 있다. 사실 우리는 모든 것을 다 누리고 산다. 하지만 나는 이것을 갖기 위해 너무나 오랜 시간이 걸렸다. 가진 것이 없어서 겪어야 했던 시련들을 나열하고 싶지도 않다. 나는 내가 만들어 낸 나의 작은 공간과 내가 사랑스럽다. 모든 것이 만족스럽고 감사한 마음뿐이다. 이후 나의 삶에 대해서 기대하지 않을 수 없다.

나의 30, 40대는 정말 힘든 시기였다. 30대에는 나와 맞지 않는 사람과 맞추어 살아보려고 너무나 애쓴 시기였다. 40대에는 혼자서 생계를 책임지고 두 아이를 키우고, 가르쳐야 했다. 정말 혹독한 시기였다. 그러나 나는 그 힘든 시절을 구구절절 말하고 싶지는 않다. 이미 충분히 말한 것 같기도 하고. 지금 생각하면 까마득한 옛날이야기이다.

나의 홀로서기는 모든 게 어려웠다. 교회를 가든, 누구를 만나든. 특히 가장 가까운 나의 형제자매들에게서조차 이혼한 여자에 대한 편견과 나 스스로 갖는 자격지심으로 괴로웠다. 그때만 하여도 이혼이 지금처럼 흔하지 않은 시기였다. 이혼의 '이' 자도 선불리 꺼내기 어려운 시절이었다. 이혼을 했더라도 공공연하게 이혼했다고 말하고 다니는 사람을 볼 수 없었다. 누가 알세라 숨기기 일쑤였다.

그러나 나는 그러지 않았다. 새로운 교회에 등록하여 주일학교 교사로 봉사하면서 아무렇지도 않게 말했다. 이혼하여 혼자 아이 둘하고 산다고. 성경에 약자로 표현되는 과부와 고아. 내가 그 과부인 것이다. 나는 그런 생각을 한 번도 해보지 않았으나 교회에서 그것을 일깨워 주었다. 사실 상처는 교회에서 더 많이 받았다.

초대형 교회의 신도들은 주일에 멋지게 차려입고 부부가 같이 예배도 드리고 봉사 활동도 했다. 성가대, 주일학교 교사, 안내 등등. 활짝 웃음 띤 얼굴로 인사하고 대화하는 모습은 정말 보기 좋다. 내가 상상하는 이상적인 부부상이 그들 같았다. 나는 소외되었지만 굴하지 않고 꿋꿋하게 교회 생활을 하였다. 하나님이 나와 함께하신다는 믿음을 가지고.

많은 사람들이 부부간에 문제가 있어 이혼하고 싶으면 나를 찾아와 조언을 구했다. 어떻게 하면 이혼할 수 있느냐고. 그 당시 나는 "이혼, 아무나 할 수 있는 거 아니다. 지금 행복에 겨워 그런 소리 하는 것이다."라고 대답하며 돌려보냈다. 그들 눈에는 혼자 살아가는 내가 부러웠을 수도 있을 것이다. 지금도 나를 부러워하는 사람이 많다. 많은 세월이 흐른 지금 생각해 보면, 혼자 살아가는 일은 부부가 둘이 살아가는 것보다 더 어렵지는 않다. 혼자 살아도 둘이 살아도 어려움은 많다.

그러나 언제나 내 마음이 문제다. 나는 혼자다, 혼자라서 다른 사람들이 이렇게 생각할 거야, 혼자라고 가엾게 여기지는 않을까, 혼자서 과연 무슨 재미로 살까, 하는 사회적인 시선을 늘 의식한다는 것이 문제다. 그런 마음에서 벗어나는 데 오랜 시간이 걸렸다. 지금도 온전히 자유로워졌다고 말하기는 어렵다.

50대가 되어서는 좀 나아졌다. 경제적인 문제는 많은 것을 해결해 준다. 그래도 50대에서 60대가 될 때는 모두가 두려워하고, 그건 나도 마찬가지였다. 우리는 아직까지도 60대를 노인이라 생각한다. 아마 누구도 60대를 설레는 마음으로 기대하며 맞이하지는 않을 것이다. 특히 60대의 여자를 여자로 생각하지 않는다. 여자로서의 생은 끝났고, 어머니나 할머니로서의 삶만 생각한다. 하지만 나는 그렇게 생각하지 않았다. 나의 60대는 더 좋을 것이라고 입버릇처럼 외쳐댔다.

예순이 되는 데는 그렇게 오래 걸리지 않았다. 세월은 쏜살같이 지나갔고 작년에 우리나라 나이로 예순, 그리고 올해 예순한 살이 된 것이다. 내가 기대했던 것처럼 나의 60대는 너무나 좋다. 좋다는 것은 다른 게 아니다. 내가 나에게 집중할 수 있어서 좋은 것이다.

이제는 세상과 한 걸음 물러서서 바라볼 수 있는 여유가 생겼다. 이성에게 잘 보이려고 노력할 필요도 없어졌다. 내가 책임져야 할 자식도 없다. 나는 부모들이 성인이 된 자식들을 걱정하는 일은 하지 않았으면 한다. 양육의 최종 목표는 독립이다. 그들에게 독립적으로 그들의 삶을 살게 해주어야 한다.

이젠 우리도 바쁘게 사느라 젊어서 하지 못했던 것들을 하면서 의미를 부여해야 하지 않을까. 내가 50대도 좋았는데 60대는 더 좋다고 떠들어대니, 나보다 두 살 아래인 나의 남동생이 "나도 빨리 예순이 되고 싶다." 그런다. 내가 그랬다. "좀 기다리세요. 금방 됩니다."

가을

요즈음 경기가 급냉각되어 좋지 않은 대신 나는 한가한 시간을 가질 수 있었다. 바빠서 정신없이 살 때에는 가을이 오는지 가는지 모르고 살았다. 늘 바쁘게 왔다 바쁘게 가는 것이 가을이었다.

가을을 느끼기 위해 집을 나와 거리를 걷는다. 목적 없이 걷는다. 시간 나서 걷고, 날씨 좋아 걷고, 비가 와서 걷고, 바람 불어 걸었다. 수도 없이 자주 지나다니던 동네 길도 달리 느껴진다. 사람 많은 군중 속에 섞여 쏘다닌다. 그들과 한 패거리가 되어 발걸음을 옮긴다. 시끌벅적 사람 사는 것 같아 좋다.

한적한 공원 낙엽을 밟으며 상념에 잠겨 걷기도 한다. 추억의 옛길을 따라 걷기도 하고, 도심의 고궁이나 빌딩 숲 사이로 흩날리는 낙엽을 보며 걷기도 한다. 곳곳에 가을 아닌 곳이 없었다. 걷다가 힘들면 벤치에 앉아 지나가는 사람들을 쳐다보며 멍을 때린다. 고즈넉한 가을 저녁, 쓸쓸한 고독감이 몰려온다.

나 아직 혼자 여기에 있구나. 또 한 살의 나이를 먹는구나. 이제 더 이상 그리워할 사람도 없구나. 외로움에 몸서리친다. 가을 너 때문이야.

거실에서 내다보는 가을 풍경이 아름답다. 새로 이사 온 우리 집은 이게 웬 복이냐 싶게 뷰가 좋다. 여름에도 좋았지만, 가을이 되니 더 좋다. 나는 드디어 안락한 나의 집을 가졌으며 가을을 만끽해도 될 만큼 여유가 생겼다. 편안하고 아름다운 쇼팽의 녹턴 피아노 연주곡을 들으며 가슴 깊이 가을을 느껴본다.

탁 트인 저 멀리 산과 나무들은 울긋불긋 붉게 불타오른다. 가까이 집 앞의 개천은 양방향 산책길로 잘 가꾸어져 나무들이 빨갛게 노랗게 줄지어져 있다. 어젯밤 내린 비로 아스팔트 바닥을 낙엽들이 아름답게 수놓았다. 위에서 내려다보니 추억 속 디스크 재킷의 사진처럼 앵글이 맞추어져 있다.

봄에 하얗게 꽃을 피웠던 벚나무는 잎이 빨갛게 물들었다. 벚꽃은 봄의 꽃으로 절정을 이루는데, 가을의 붉은 단풍잎도 봄의 절정 못지않게 예쁘다. 세월의 흐름과 자연의 변화무

쌍함이 우리의 마음에도 물결친다.

일생의 주기를 봄 여름 가을 겨울로 치면 나는 이제 가을로 접어든 나이이다. 나는 지금 가을의 내 나이가 좋다. 가을은 아름답고 풍성한 계절이다. 나도 지금 이 가을만큼이나 마음이 풍요롭고 여유롭다.

자연은 가을에 확 불타오른다. 나도 그 어느 때보다 뜨거운 열정으로 불타오른다. 여름에 찌는 듯한 무더위와 홍수와 태풍을 겪었음에도 가을은 언제 그랬느냐는 듯 태연하게 옷을 갈아입고 아름다운 자태를 뽐낸다. 나도 그렇다. 젊어서 무지했고 지질했으며 그래서 실패를 거듭했다.

그러나 나는 할 일을 해냈고, 견디어냈다. 그렇게 뜨거운 여름은 다 지나갔다. 이제 가을이 왔고, 얼마간의 열매들이 맺혔다. 이 열매는 앞으로도 좀 더 영글 것이다. 잘 익어가면 된다. 나는 비로소 안도감에 평온을 찾을 수 있다.

이제 내 얼굴에 책임을 져야 한다. 내 미간에 일자 주름이 깊이 패어 있다. 여름 내내 순하게 살지 못했다는 증거다. 나는 세상에 화가 나 있었으며, 세상이 내 편이 아니라고 억지를 부렸다. 속이 상했으며 그것이 얼굴에 고스란히 나타났다. 일그러진 나의 얼굴이 내가 살아온 삶 그 자체다.

후회와 미련이 많지만, 다시 돌아가고 싶지는 않다. 지금의 나를 부정하고 싶지는 않다. 내 얼굴에 책임을 지기 위해서 열심히 가꾸어야겠다. 돈 들여 관리도 받고, 좋은 화장품도 써 본다. 그리고 과거의 상처를 치유하는 알약 하나를 꿀꺽 삼킨다. 그 알약은 가을 하늘로부터 처방받은 것이다. 거울을 보며 웃어본다. 나쁘지 않다. 온화하게 또 웃어본다. 이제야 나를 돌아볼 여유가 생겼다.

젊어서는 가을의 아름다움을 모른다. 올해는 가을도 길고 단풍도 그 어느 해보다 곱다. 이번 주만 지나면 나뭇잎은 다 떨어질 것이다. 나뭇잎이 다 떨어지면 그때부터 겨울이다. 가을이 가기 전에 더 많이 가을을 느끼고 싶다.

올 한 해는 참 많은 일이 있었다. 환갑이 되는 해라고 엄청 설레발을 친 것 같다. 내가 어떻게 환갑이란 말인가. 환갑이면 늙은 나이가 되는 것이다. 환갑이면 인생 다 산 거 아닌가. 환갑이면 할머니인데, 나처럼 철없는 사람이 환갑이 되어도 되는가. 나는 내가 아직 아이같이 느껴진다. 착각이겠지만 착각은 자유다. 환갑이라는 단어는 나하고 상관없는 단어다.

환갑인 나는 청바지와 레깅스를 입는다. 절대로 문자 메시지를 크게 확대하여 보지 않는다. 버스나 지하철에서 꿋꿋이 서서 가며 자리를 양보해 주는 것을 기대하지 않는다. "정말 고우세요." 그런 말도 싫어한다. 환갑이지만 나는 카페에서 겨울에도 '아아'를 마시며 노트북으로 글을 쓴다. 그리고 셀카로 내 모습을 찍는다. 환갑이지만 아직 봐 줄 만하다.

환갑은 애매한 나이인 것 같다. 우리는 아직 늙지 않았는데, 늙은이 취급을 받을 때가 많다. '그래도 환갑인데' 하면서 말이다. 늙지도 젊지도 않은 나이인 것이다. 사회에서 젊은이들과 일하다 보면 꼰대 소리를 듣고, 나이 먹은 티가 나지만 시골 마을이나 경로당 같은 곳에는 낄 수도 없는 젊은 나이다.

지금은 환갑에 생물학적인 할머니, 할아버지가 된다. 나도 그랬고. 하지만 자녀들의 늦은 결혼이나 출산 기피 현상을 보면, 앞으로도 환갑에는 할머니와 할아버지보단 엄마와 아빠로 남아있을 확률이 높다. 연령에 따른 생애 주기는 사람마다 차이가 크다. 마흔에 할머니가 되는 사람도 있고, 마흔에 엄마가 되는 사람도, 마흔에 결혼을 하지 않은 사람들도 있다.

나는 올해 환갑이며 할머니가 됐다. 처신하기가 쉽지 않다. 올해 가을을 보내면서 생각이 많아진다.

죽어서 있을 곳

▶▶▶▶▶▶

햇빛이 잘 드는 로열층(royal 層)은 1,500만 원, 맨 위층과 맨 아래층은 300만 원이다. 층층이 다 다른 가격이다. 실내에 들어서면서부터 나의 눈은 휘둥그레질 수밖에 없었다, 처음 보는 광경이었다.

타워식으로 지어진 건물은 웅장한 도서관을 연상하게 만들어졌다. 책도 일반 서적이 아니라 고급 금장 은장 양장판의 두께감이 있는 책이다. 칸칸이 온갖 아름다운 꽃들과 장식품들이 화려했다. 뭐지? 전혀 예상하지 못하고 방문한 곳이어서 더욱 놀라지 않을 수 없었다.

가이드가 안내하는 상담실에 앉았다. 일단 설명을 다 듣고 난 후 전체 시설을 안내받기로 했다. 교육을 잘 받은 상담원은 상당히 고급스러운 언어와 목소리로 설명하였다. "보시니 어떠세요?" 하고 우리에게 묻는다. "놀라울 뿐입니다" 우리 일행은 이구동성으로 말했다. "그러시죠." 하면서 가이드의 설명이 이어졌다.

이곳은 최근에 현대식으로 지어진 사설 납골당이다. 납골당이라는 말은 일본식 이름이라 하여 요즈음엔 봉안당이라고 한다. 그러니까 사람이 죽어서 화장을 하고, 한 줌의 재가 된 유골을 모시는 곳이다. 우리가 보아왔던 유골은 보통 사기 항아리였다. 유족들이 상복을 입고 사기 항아리를 가슴에 안고 슬퍼하며 우는 모습을 TV에서 가끔 보았다.

가이드가 설명했다. 항아리 유골함 대신 책 모양의 유골함으로 이곳에서 처음으로 특허를 내었단다. 한 사람에게 두 개의 유골함이 주어지는데, 그중 하나의 위 칸엔 방명록과 유품을 넣는다. 방명록의 빈 노트는 유족과 추모인들이 방문 때마다 글을 남길 수 있다. 당신이 그립다, 내가 오늘 여기 당신을 생각하며 다녀갑니다, 이런 글을 쓸 수 있지 않을까 생각해 본다. 또 아래 칸에는 고인이 살아생전 좋아하던 유품과 고인과의 추억이 깃든 물건들을 넣을 수 있다.

또 하나의 함은 유골을 넣는 함이었다. 유골을 고급 한지에 싸서 밀봉 처리가 잘되는 직육면체 책 모양의 함에 넣는다. 그것을 다시 더 큰 책 모양의 함에 넣는다. 이렇게 가로 25센티, 세로 30센티, 폭 10센티 정도의 고급 양장판 책 모양으로 유골함이 만들어졌다. 그리고 그 함을 열 수 있는 번쩍번쩍 빛나는 행운의 열쇠 모양의 열쇠가 고급 가죽 주머니에 넣어 주어진다는 설명이다. 우리는 신기하고 놀라워하며 고개를 끄덕였다.

우리는 봉안당 내부 시설을 가이드의 설명을 들으며 둘러보았다. 광장층 타워에 이 봉안당의 상징이라는 생명의 나무가 쭉 뻗어 있었다. 카페테리아와 유족들이 모여 앉아 담소를 나눌 수 있는 테이블과 소파가 곳곳에 화려하면서도 편안한 분위기를 연출하고 있다. 세계 최초라는 서재형 안치실은 로마 대성당에 쓰인 돌로 벽을 장식하고, 고급 원목으로 만들어진 책장 모양의 안치대가 보기 좋게 배열되어 있다. 칸칸이 고인의 영정과 위패가 예쁜 조화로 장식되어 있다.

안치대는 지상 1, 2, 3층으로 되어 있는데 1층은 1기당(1기는 한 사람의 유골) 2,000만 원, 2층은 2,500만 원, 3층은 3,000만 원 이런 식이다. 본 건물과 이런 탑이 12개이며, 모두 4만 7천 기를 안치시킬 수 있는 거대하고 웅장한 시설이다. 이미 매스컴을 타서 TV 예능 프로그램과 드라마에 여러 번 나왔단다.

설명을 들으며 나도 이곳에 미리 예약해 놓고 싶다는 생각이 들었다. 이렇게 아름다운 곳에서 한 줌의 재로나마 현생과 연결되어 있으면 좋지 않을까 하는 생각이 들었다. 나를 기억하는 사람들이 이곳에서 나를 추억하고, 나의 후손들이 이곳에 모여 나를 그리워하며 나에 대한 이야기를 꽃피운다면 아주 좋을 것 같았다. 그까짓 1,500만 원 있어도 그만, 없어도 그만 아닌가. 생각이 여기까지 미쳤을 때 가이드는 이곳의 최대 장점은 시내에서 가까워 접근성이 좋다는 것이라며 장황한 설명을 끝냈다.

우리는 감사하다는 인사를 나누고 그곳을 나왔다. 나는 왠지 뒷골이 당겼다. 망자의 유골이 있는 곳에 너무 오래 있어서인지, 생각했던 납골당과 너무나 많은 괴리감이 느껴져서인지는 나도 모르겠다.

사실 내가 이곳을 방문하게 된 것은 봉안당이 궁금하거나 봉안당을 이용하게 될지 몰라 미리 알아보려고 간 것은 아니다. 이곳 봉안당의 대대적인 분양 홍보 모집원들의 꼬임에 의하여 오게 되었다.

나는 죽음 이후에 대하여 깊이 생각한 적이 없다. 죽음을 두려워하거나 죽은 후의 세계에 대해서 믿지 않았다. 어릴 적부터 기독교 신앙 아래 자랐기 때문에 예수님을 믿고 착하게 살면 천국 가고, 예수님을 믿지 않고 나쁜 짓을 하면 지옥 간다고 배워왔다. 내가 이해하기로 그것은 영혼에 관한 것이다. 그러나 육신이 어디로 가는 것에 관한 생각은 해보지 않았다. 육신은 땅에 묻혀 썩거나 화장하여 재를 강이나 산에 뿌려 없앤다고 생각했다. 영혼이 떠난 육신은 아무 의미가 없었다.

우리 일행들도 봉안당을 본 느낌은 나와 비슷했다. 그들 또한 근사한 설명을 듣고 시설이 워낙 좋으니 죽기 전에 이곳의 한 자리를 마련하고 싶어진 것이다. 그중 한 사람이 제안했다. 우리가 다른 봉안 시설을 전혀 보지 않고 이곳을 처음으로 와서 비교가 되지 않으니, 이번에는 지방자치단체에서 운영하는 시설을 가보자고 하였다. 그곳은 차로 30km 정도의 거리였다. 그리하여 나는 하루에 두 곳의 봉안 시설을 가보게 되었다.

높은 하늘과 뭉게구름이 사이좋게 떠 있는 초가을 시골의 정취는 우리의 가슴을 탁 트이게 했다. 넓은 주차장과 2층으로 낮게 지어진 건물들이 4개 동으로 되어 있었다. 작년에 개장된 신축 건물로 시설은 넓고 깨끗하다. 장례식장과 화장터, 그리고 봉안실로 되어 있어 죽으면 원스톱(one-stop)으로 한 번에 봉안까지 할 수 있는 시설이었다.

우리 일행은 봉안실 직원에게 설명을 들을 수 있었다. 이곳은 죽기 전에 예약해 놓을 수는 없단다. 봉안대 위치도 본인이나 유족이 정할 수 없으며 죽는 순서대로 한 칸 한 칸씩 채워 나간단다. 가격도 좀 전에 본 사설 봉안당보다 현저히 저렴하여 1기당 50만 원이다. 큰 체육관이나 목욕탕의 락카실처럼 가로세로 30센티 정도의 공간에 유골 항아리가 하나씩 넣어져 있었다. 문이 유리로 되어 있어 안이 들여다보인다는 것만

락카실과 다르다.

이곳은 야외에 잔디장과 수목장도 있는데 아직 준비 중이었다. 2만 기를 안치할 수 있는 시설인데 이미 3분의 2는 안치되었다고 한다. 2만 기를 다 채우는 것은 시간문제다. 그러면 어떻게 한단 말인가. 이런 시설을 또 만드나?

또다시 뒷골이 당겼다. 오늘이 무슨 날인데 봉안당을 두 곳이나 오게 되어 나를 헷갈리게 하는 것인가. 나는 머리가 아팠다. 굳이 두 시설을 비교한다면 럭셔리 사설 봉안 시설은 강남의 고급 펜트하우스이고, 이곳 지자체 시설은 LH 임대아파트다. 나는 한동안 혼란스러웠다. 살아생전에도 좋은 곳에서 살아보지 못했는데, 죽어서라도 좋은 곳에 있어야 하는 거 아닌가. 죽어서도 차별이 심하구나. 죽어서 한 줌의 흙이 되어도….

나의 생각은 원점으로 돌아갔다. 그게 무슨 의미가 있단 말인가? 내 눈과 귀가 일시적으로 홀렸다. 책 두 권 정도 꽂아 놓을 공간을 2,000만 원 혹은 3,000만 원에 사서 그곳에 한 줌의 재가 된 나의 육신을 천년만년 놓아둔다는 게 무슨 의미가 있겠는가. 꽃과 금은보화로 장식하여 놓고 어쩌자는 것인가. 마찬가지로 실비로 제공하는 허름한 봉안실 한 칸을 차지하고 2만 기가 다 차면 또 어쩌자는 것인가.

죽어 시신을 매장하여 한 명당 서너 평의 땅을 차지하고 누운다면 전 국토가 묘지가 될 판이다. 그래서 생긴 것이 봉안당이다. 땅덩이가 부족한 우리는 땅에 발을 딛지 못하고, 갈수록 높아지는 빌딩과 아파트에서 산다. 죽어서도 층층의 높은 봉안 안치대에 올려진다. 살아서도 죽어서도 여의치가 않다.

나는 박희경이다

♥♥♥♥♥♥

K-pop, K-Culture, K-Food. K-Drama, K-방역, K-beauty 등등 한국산 또는 한국적인 것에 'K' 자를 붙이는 것이 유행이다. 글을 쓰다 보니 의도하지는 않았으나, 나라는 사람이 할머니로 귀결되는 건 어쩔 수 없다. 나는 달갑지도 않고 생각해 보지도 않은 단어이다. 살아온 세월이 길고 생물학적으로 할머니가 되고 보니 피해 갈 수 없는 것 같다.

기왕 할머니로 명명된다면 신세대 한국을 대표하는 K-할머니는 어떨까 생각해 본다. 나이를 먹고 손주를 봤지만, 마음은 청춘이고 철은 덜 들었다. 패션은 젊은 사람과 다를 바 없다. 모든 일에 열정이 넘치며 새로운 도전을 두려워하지 않는다.

대표적인 K-할머니로는 배우 윤여정 님이 있지 않을까, 생각이 든다. 그녀는 70대 후반이지만 왕성한 활동을 하고 있다. 2021년 제93회 아카데미 여우조연상을 받으며 배우로서 세계적인 유명인이 되었다.

나는 배우로서의 윤여정도 좋아하지만, 딸로서 또 엄마로서 잘 살아온 그녀의 삶을 존경한다. 그녀도 이혼한 뒤 두 자녀를 책임져야 하는 가장이었으며, 오랫동안 노모를 모셨던 착한 딸이었다. 오래전 40~50대의 그녀는 얼굴에 주름이 가득하고 왠지 생활에 찌들어 있는 것처럼 보였다. TV에 나오는 그녀를 볼 때면 시청자 입장에선 왠지 조금 가여웠다.

아마 그녀는 그 길고 힘든 시간을 이 악물고 버텼으리라. 강한 자존심을 버리고, 주변에서 들려오는 오만 가지 안 좋은 소리도 참아냈을 것이다. 그때나 지금이나 그녀는 자신의 직업에 최선을 다하고, 끊임없이 공부한다. 그렇게 주변의 말에 흔들리지 않고 자기만의 세계를 구축했다.

그녀의 여러 가지 어록이 있다. "나 67살이 처음이야.", "배가 고프고 돈이 절실히 필요해야 연기를 잘하는 법이다.", "아프지 않은 인생이 어딨냐.", "나는 나같이 살면 된다.", "젊어서는 노력을 안 해도 되는데, 늙으면 노력해야 유지된다." 등등 수없이 많은 말을 남겼다. 어느 하나 내 마음에 와닿지 않는 것이 없다. 내 마음과 똑같다. 거침없는 말과 행동은 그녀의 강직하고 직설적인 성격을 잘 보여준다.

최근에 그녀의 영화 〈죽여주는 여자〉를 보았다. 주인공인

윤여정은 일명 박카스 아줌마로 노인들에게 몸을 팔아 근근이 살아간다. 그런 일을 하면서도, 주변의 가난하고 소외된 계층을 도와가며 더불어 산다. 직업적으로 서비스를 잘해서 죽여주고, 실제로 죽고 싶은 노인을 죽여준다는 두 가지 의미로 '죽여주는 여자'다.

이 영화를 보면서 영화의 내용보다는 배우 윤여정에게 놀라웠다. 주인공 소영은 배우 윤여정과는 전혀 다른 캐릭터다. 외모는 엄청 가꾸었지만 촌스럽기 이를 데 없고, 성격은 우유부단하여 몸 파는 일 말고 다른 어떤 일을 한다는 것을 생각하지 못하는 그런 여자다. 고객인 남자의 쾌락을 위해서 시도하는 여러 가지 구체적인 장면들을 70대 노배우가 하는 것을 보고 나는 놀랐다.

자기와 완전히 다른 이런 역을 하기로 결정하고, 그것을 완벽히 소화해 내는 배우가 윤여정이다. 그녀의 가장 큰 매력은 바로 그런 것이다. 자기 일에 있어서 몸을 사리지 않는다. 맡겨진 배역을 완벽히 소화해 낸다. 정상의 위치에서도 잘난 척, 예쁜 척, 아는 척, 고상한 척하지 않는 것이 그녀를 더 그녀답게 한다.

부러우면 지는 것인데 나는 그녀가 부럽다. 그녀의 명성, 그녀의 커리어, 그녀의 부, 그녀의 패션, 그녀의 영어 실력, 그녀의 자신감, 그녀의 솔직함이 부럽다. 그녀도 이혼하고 혼자서 자녀를 잘 키웠으며, 자기 일에 열중하여 잘 살아온 사람이다. 나는 그녀에 비하면 15년이라는 시간이 더 있는 셈이다.

어떻게 나이 들 것인가. 외모는 젊어 보이게 할 수 있다. 실제로 우리의 외모는 나이를 가늠하기 어려울 정도로 젊어졌다. 외모만 보고 나이를 알기 어렵다. 젊어진 외모에 맞게 생각하고 행동하는 게 중요하다. 세월은 빠르게 지나간다. 얼마 전 60살인가 했는데, 이제 내년이면, 아니 다음 달이면 62살이다.

"우물쭈물하다가 이렇게 끝날 줄 알았다." 아일랜드 작가 버나드 쇼가 묘비에 남긴 유명한 말이라고 한다. 나도 60년을 무엇을 하고 살았는지 잘 모르겠다. 이렇게 할까 저렇게 할까 생각만으로 시간을 보냈다. 다행히 60대 이후의 삶은 훨씬 더 심플해졌다. 이제는 나를 위해 살아도 된다. 버나드 쇼의 저 말이 유명한 건 우물쭈물 머뭇거리지 말고 바로 실행하는 일이 그만큼 중요하기 때문일 것이다. 나는 그렇게 살아가리라 다짐한다.

나의 직업은 부동산 공인중개사다. 부동산 중개와 컨설팅으로 돈을 번다. 여러 가지 나의 취향으로 봤을 때 나와 잘 맞는 직업은 아니다. 내 적성에 맞거나 좋아서 갖게 된 직업이 아니다. 어쩌다 밥벌이를 위하여 하게 된 것이 벌써 10년이 넘었다.

특별히 자랑스러워하지도 않았고, 보람이랄 것도 없었다. 직업이 취향과 적성에 맞기는 어렵다. 하지만 이것이 나의 천직이 되었다. 그 어떤 일보다도 잘한다. 새로운 사람을 만나고 그들에게 좋은 정보를 제공한다. 노후에 안정적인 수입원이 되지 않을까 하여 어렵게 공부하여 자격증을 딴 지 이제 2년밖에 되지 않았다.

실제로 그 2년은 확고한 직업의식을 갖기에 충분했다. 자격증 없이 일할 때와는 달랐다. '사(士)' 자 직업을 가졌으니 어딜 가도 꿀릴 것도 없다. 윤여정은 배가 고플 때 연기를 더 잘한다고 했지만, 사실 그녀도 먹고사는 걱정이 없을 때 비로소 원숙한 연기가 나왔고 더 좋은 결과도 얻었다.

확실히 돈은 절실해야 번다. 나는 절실했으므로 돈을 벌었고 그 돈으로 먹고살았다. 덤으로 내게는 10년 세월 동안 쌓아온 연륜과 인맥이 있다. 나는 고객들에게 '신뢰가 간다'는 말을 많이 듣는다. 믿어준다는 것은 고마운 일이다. 아직까지는 나를 찾는 고객들이 많다.

나도 윤여정처럼 자기 분야에서는 최고라는 자부심을 가지고 일하고 싶다. 이제는 돈이 절실해서라기보다는 고객에게 좋은 정보를 제공하고 고객의 이익을 위하는 좋은 컨설턴트로 일하고 싶다. 공인중개사로서 앞으로 10년, 아니 그 이상은 일할 수 있지 않을까. 그것은 감사한 일이다.

시간과 돈을 들여 감행한 올해의 해외 어학연수 겸 여행은 나에게 많은 변화를 주었다. 물론 그것은 내 직업에서 얻은 소득이 있기에 가능했다. 열심히 일한 당신, 떠나라. 거기서 나를 찾을 것이다. 윤여정은 "나는 나같이 살면 된다."라고 했다. 다른 사람 의식하지 말고 자기 식대로 꿋꿋하게 살면 된다는 얘기다.

같은 맥락으로 나는 '나는 나다'를 외쳐왔다. 하나뿐인 나는 나다. 그 누구도 대신할 수 없는 나다. 나는 나를 기쁘게 해주어야 한다. 나는 나를 행복하게 해주어야 한다. 나는 박희경이다. 빛나는 인생은 이제부터다.

60대, 오히려 좋아

빛나는 인생은 이제부터다

발행일 2022년 12월 28일 초판 1쇄
지은이 박희경
편집 박성열, 정혜인
디자인 김진성
인쇄 민언프린텍
제본 다온바인텍

발행인 박성열
발행처 도서출판 사이드웨이
출판등록 2017년 4월 4일 제406-2017-000041호
주소 서울특별시 영등포구 문래동 2가 10-6, 3층
전화 031)935-4027 팩스 031)935-4028
이메일 sideway.books@gmail.com

ISBN 979-11-91998-15-3 03810

• 잘못 만들어진 책은 구입처에서 바꾸어 드립니다.
• 이 책의 전부 또는 일부 내용을 재사용하려면 사전에 도서출판 사이드웨이의 동의를 받아야 합니다.